HOoRRoR

Libro de colorear para adultos

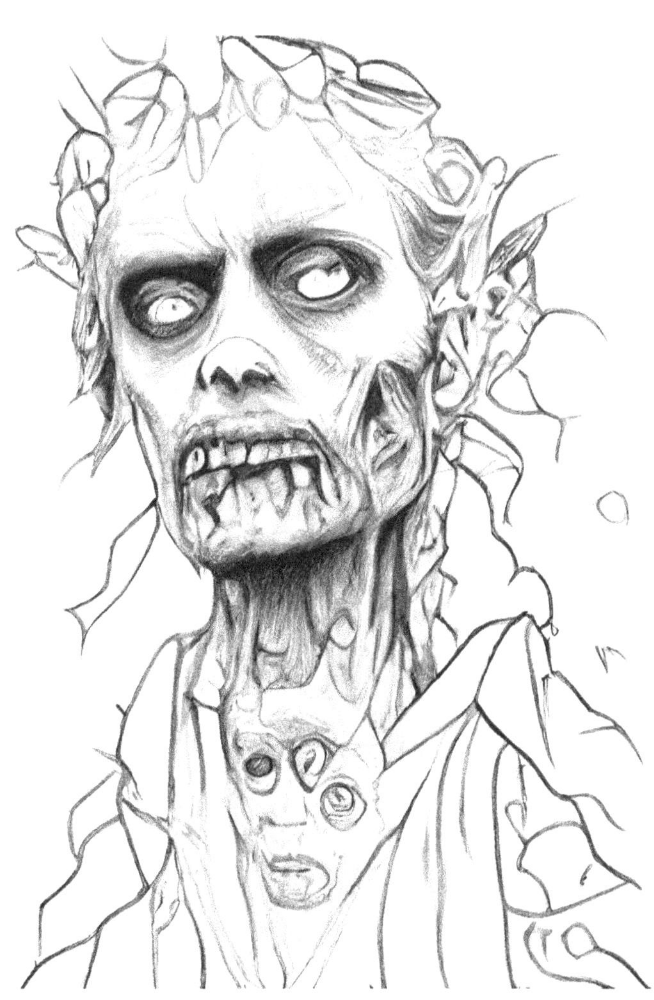

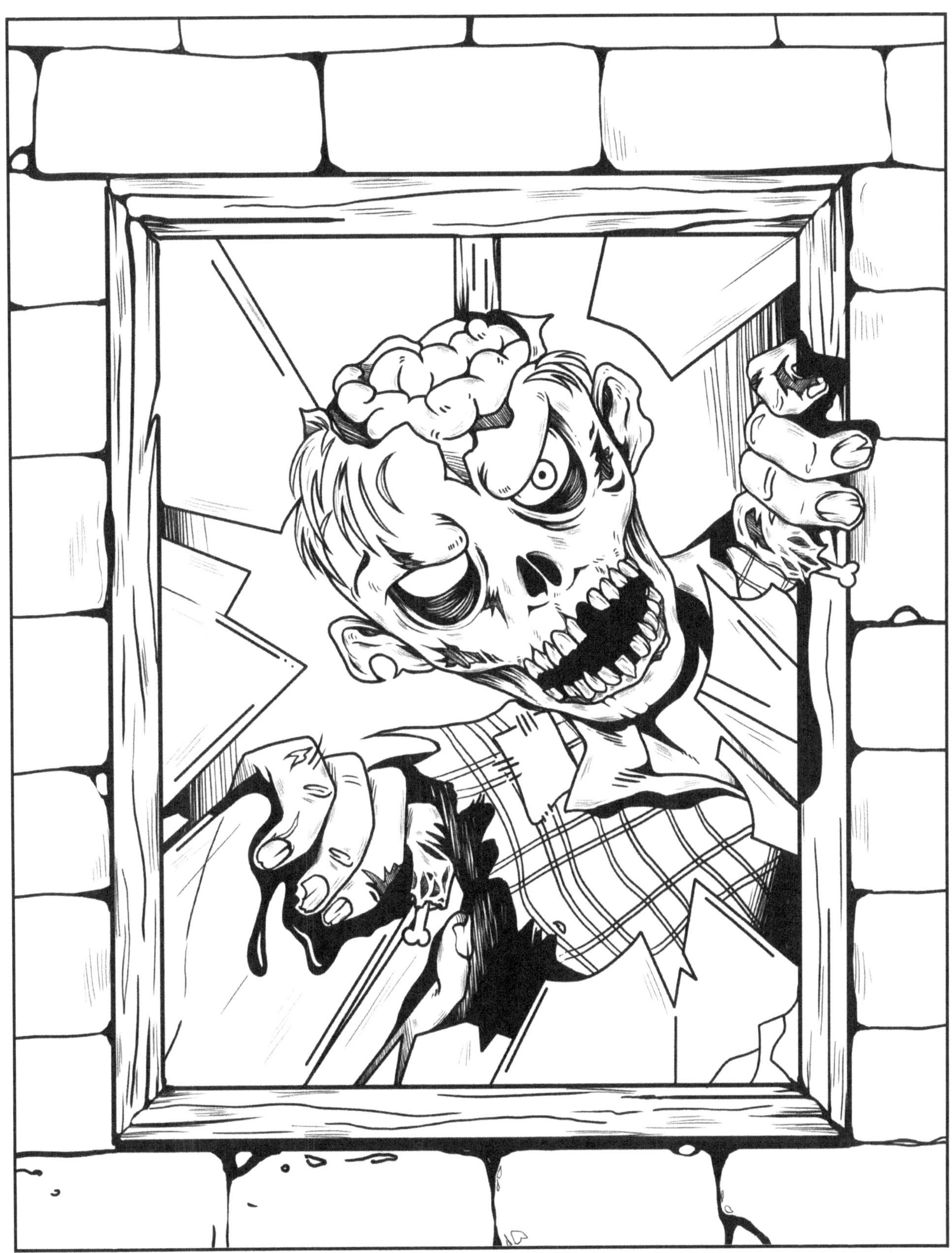

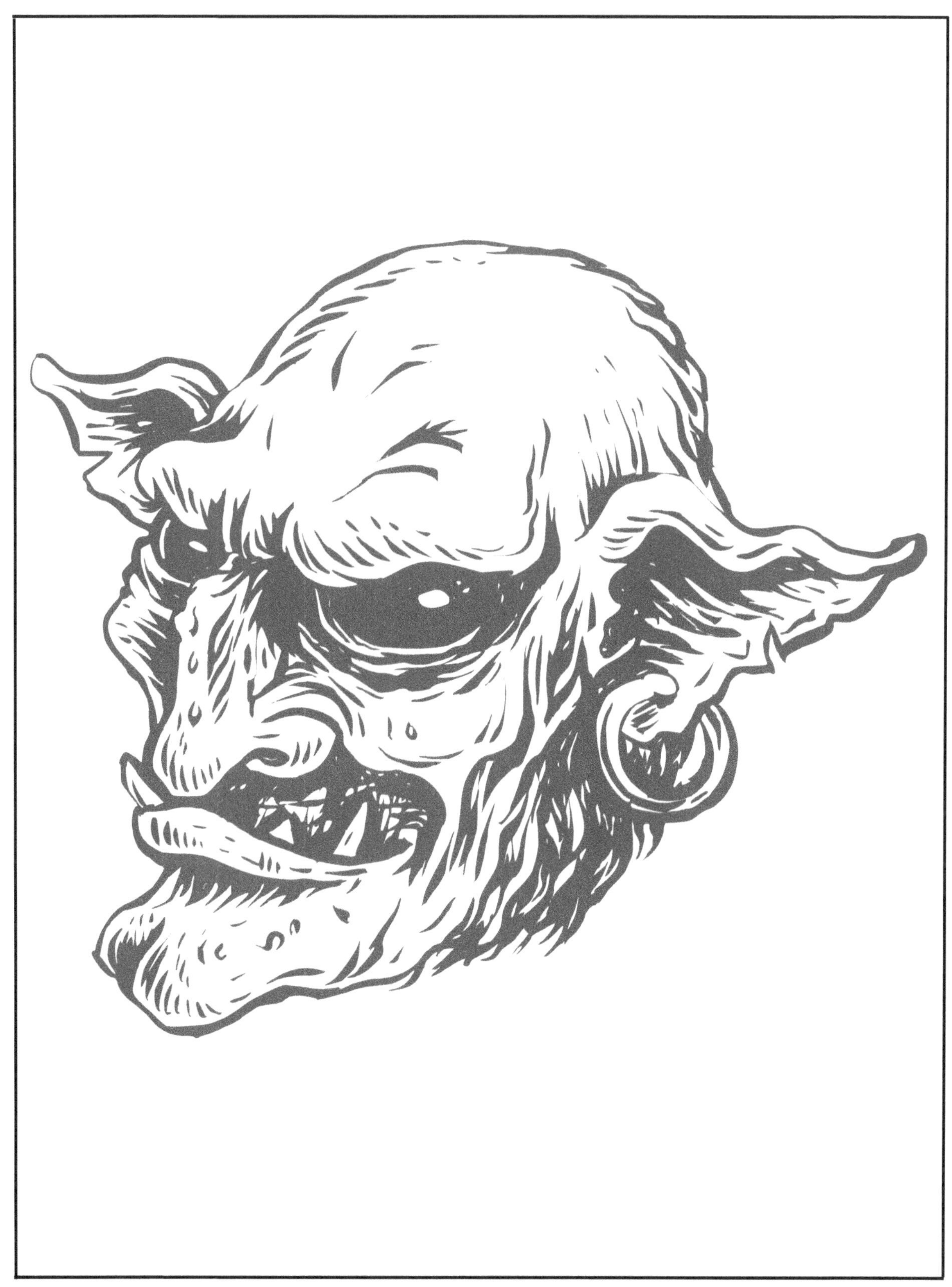

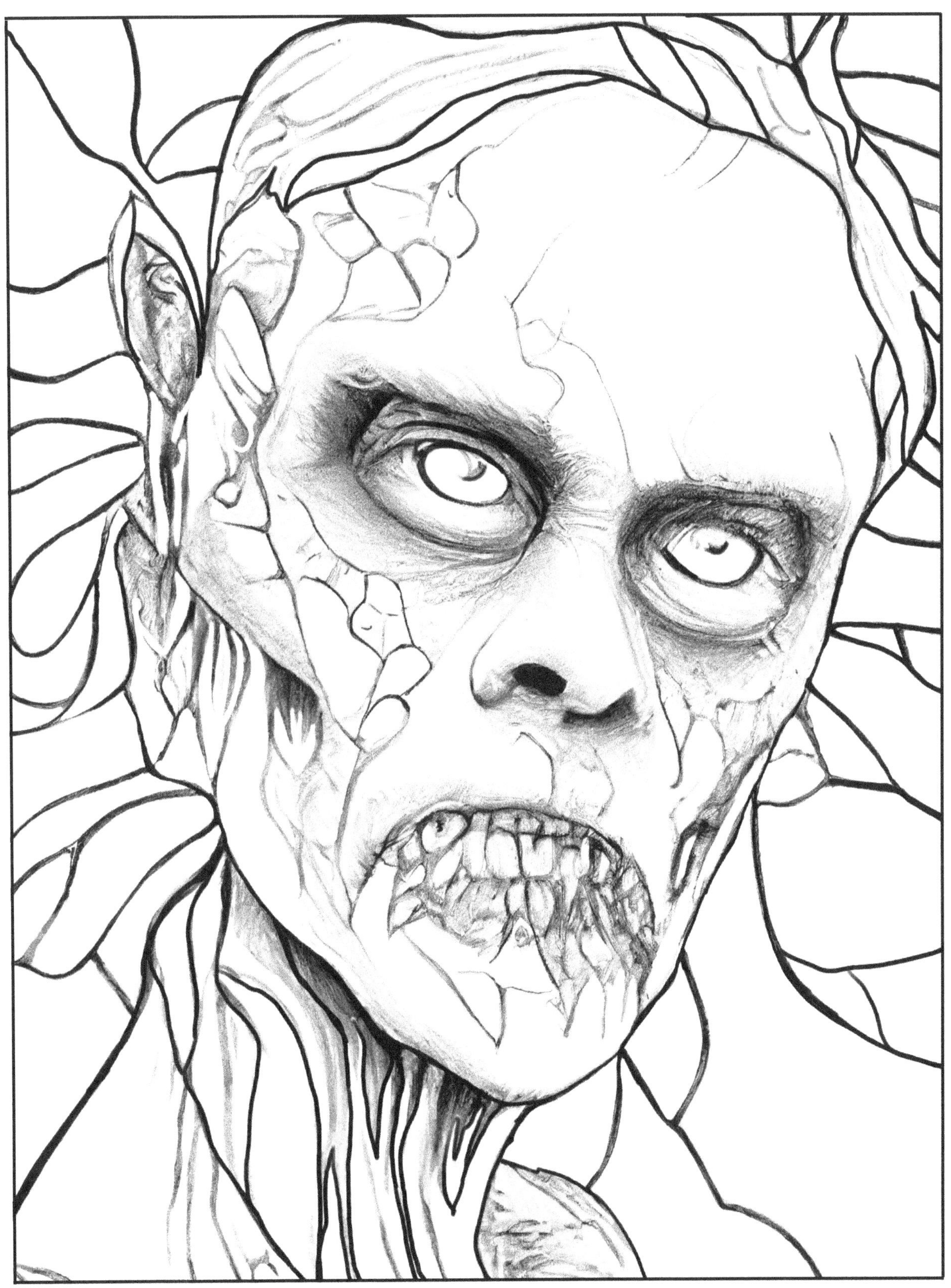

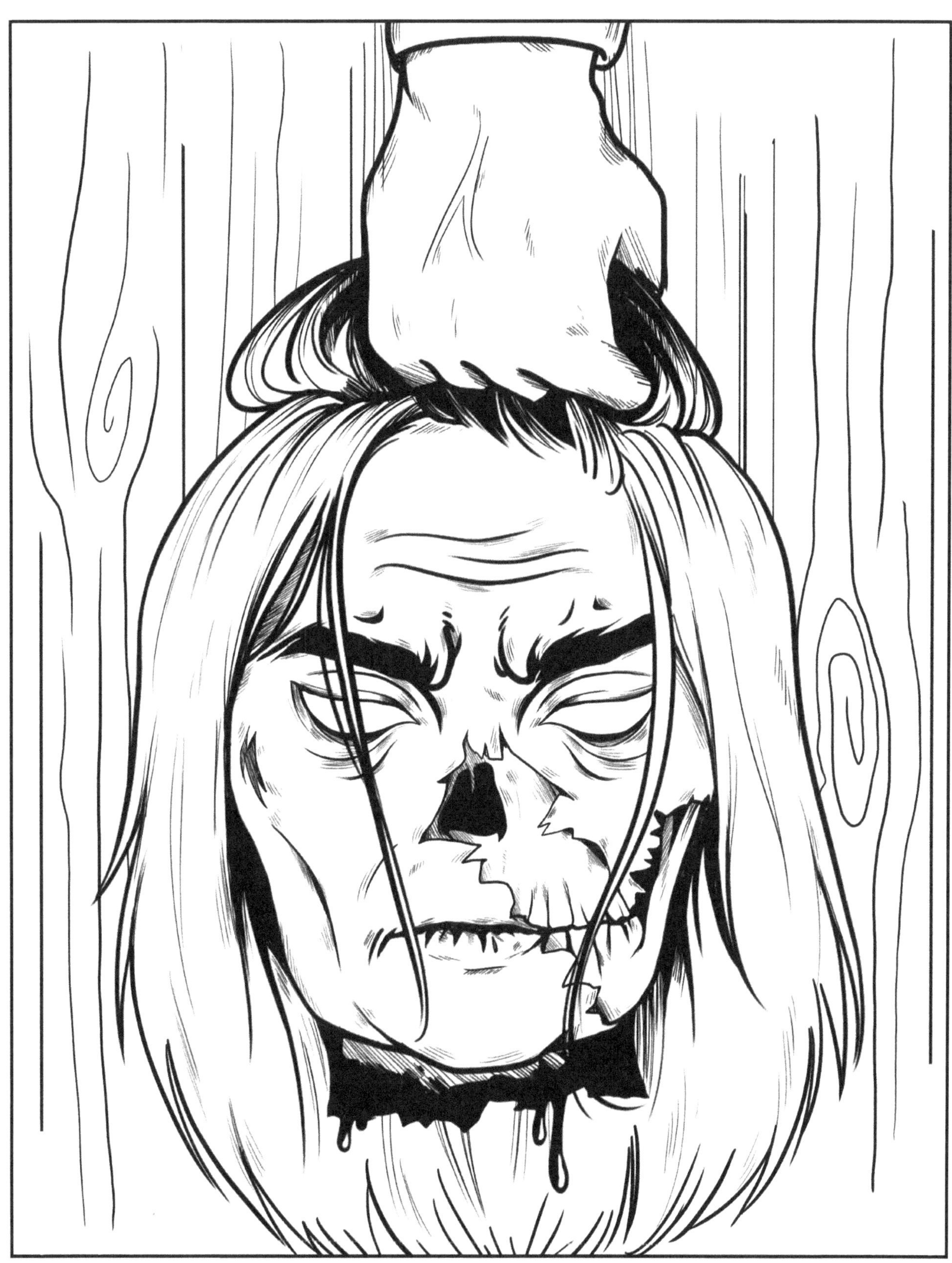

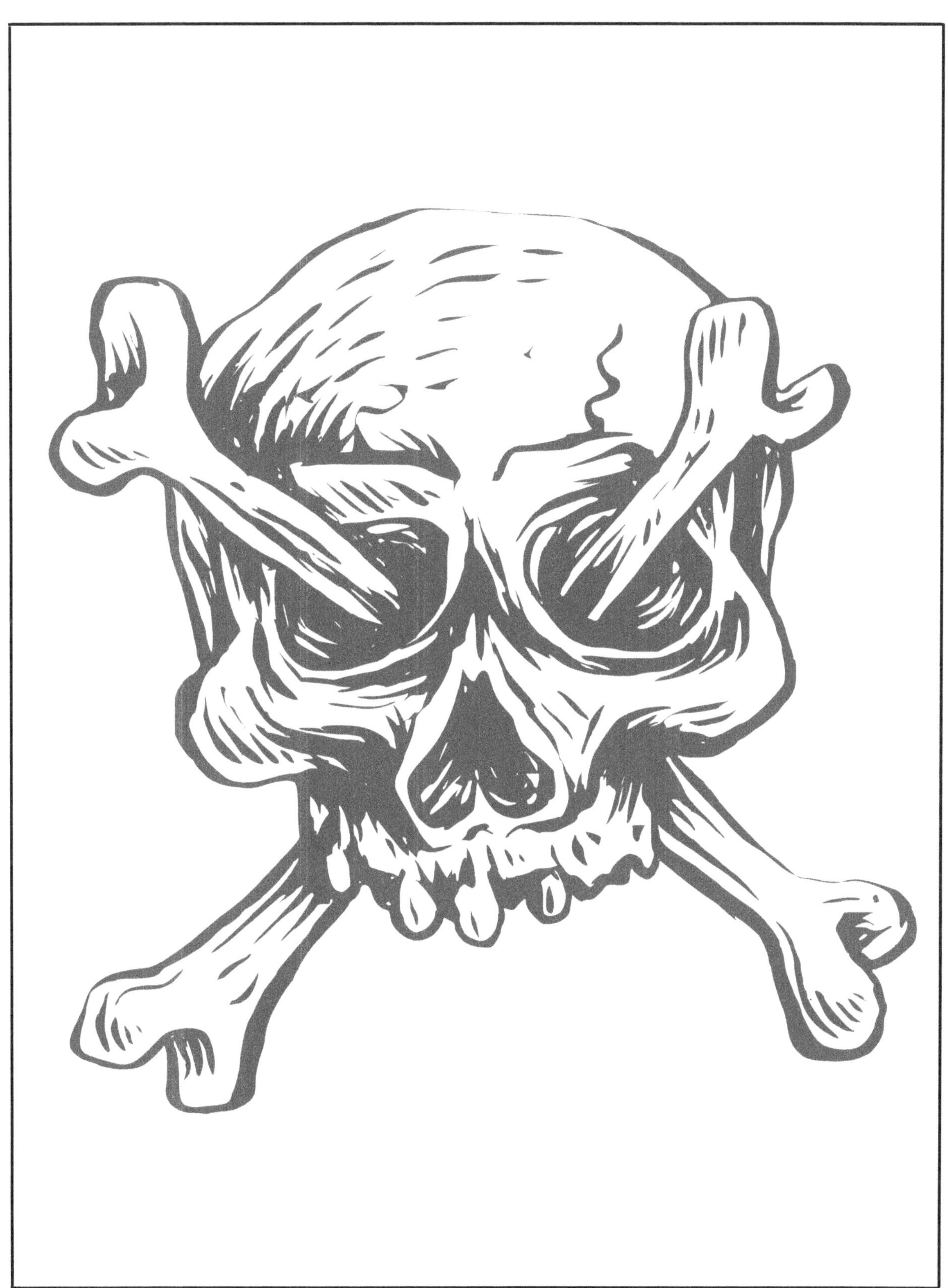

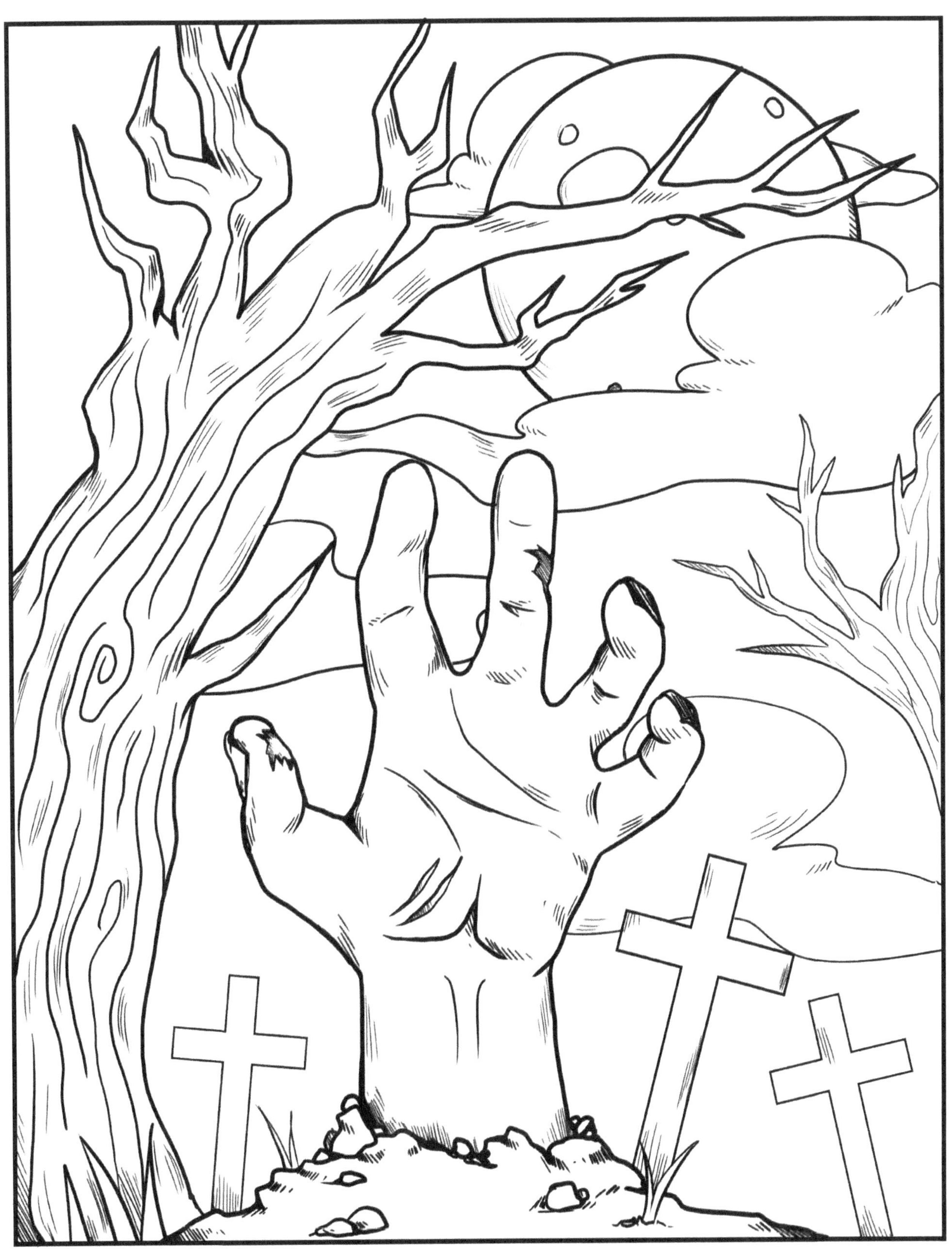

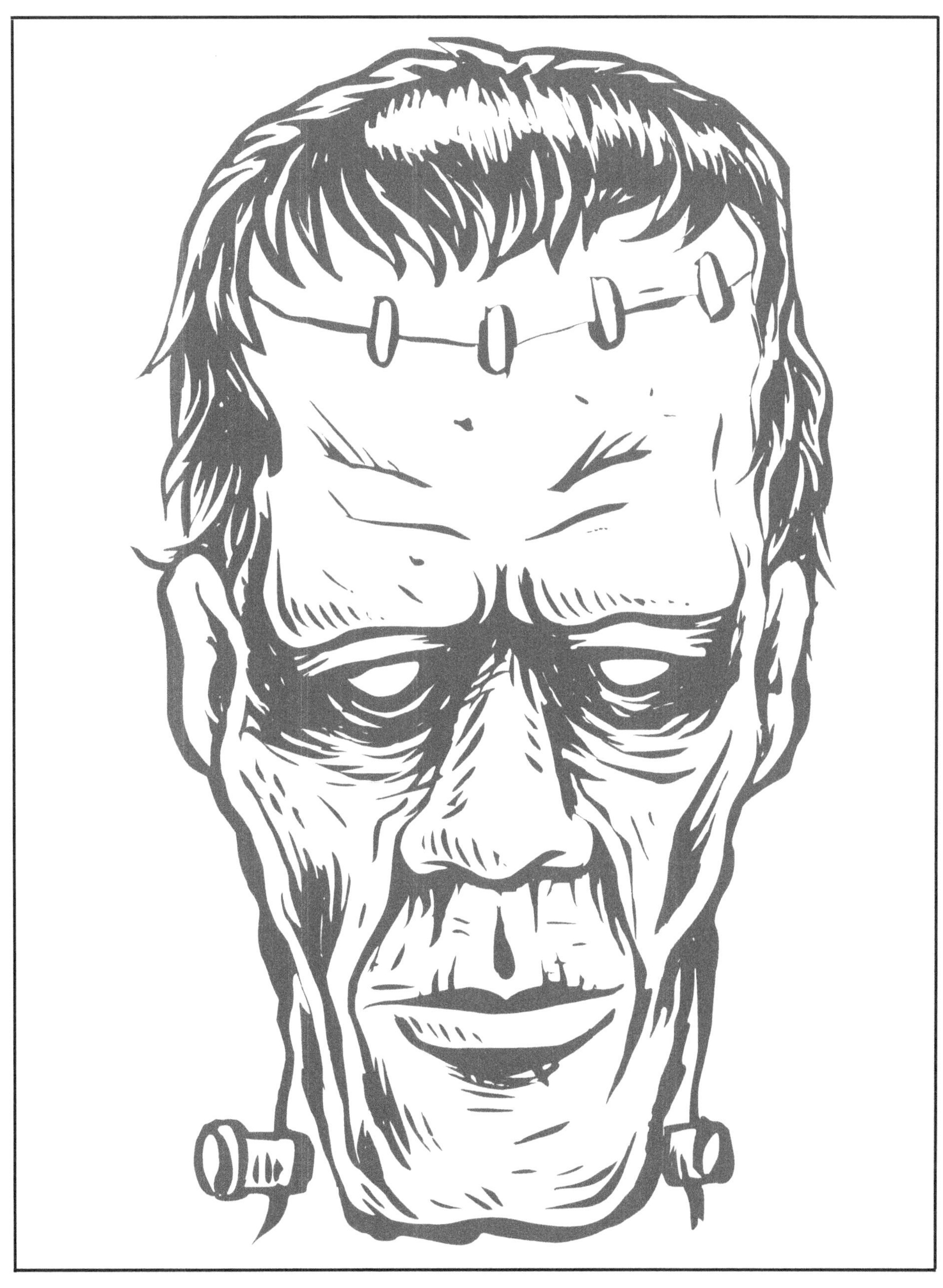

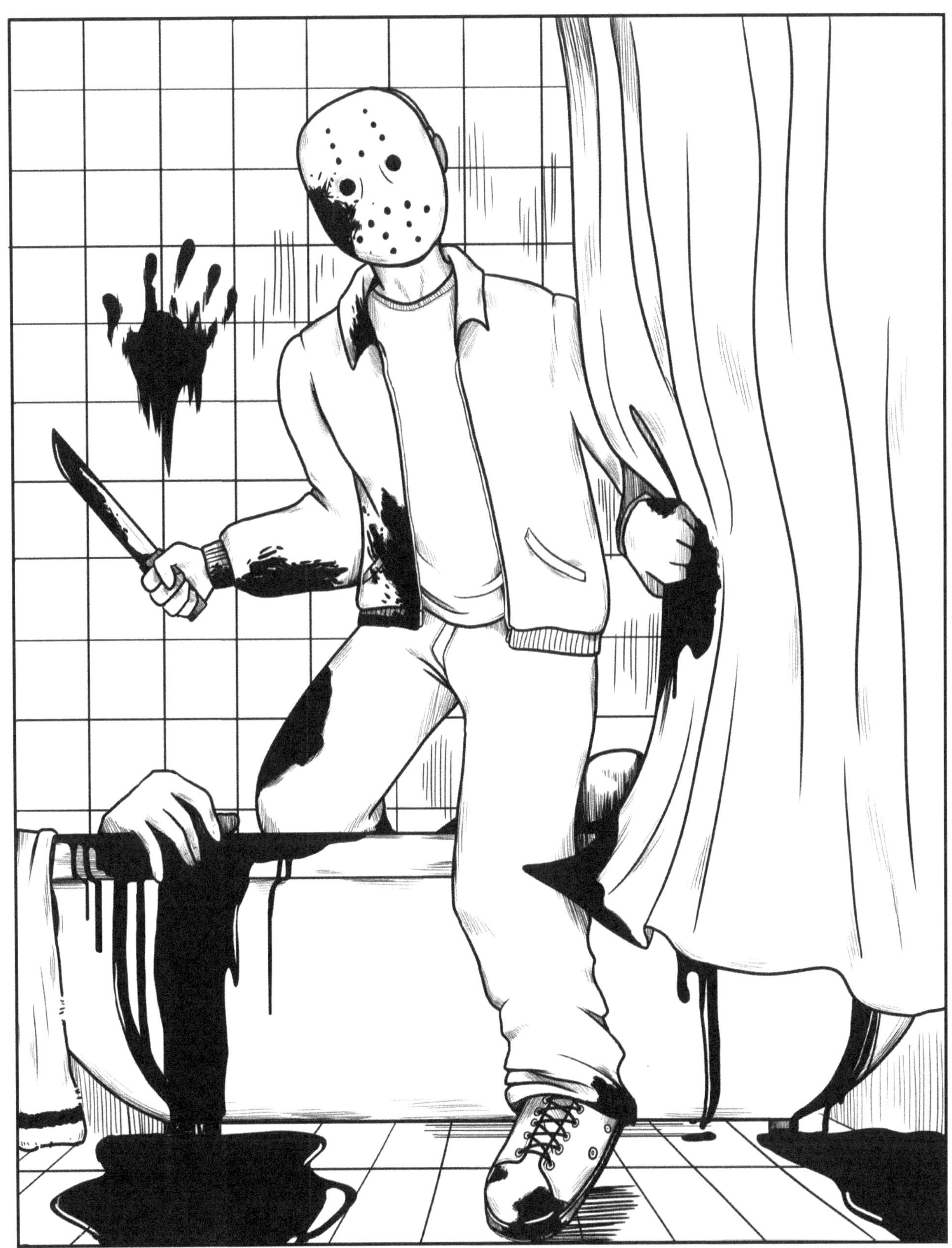

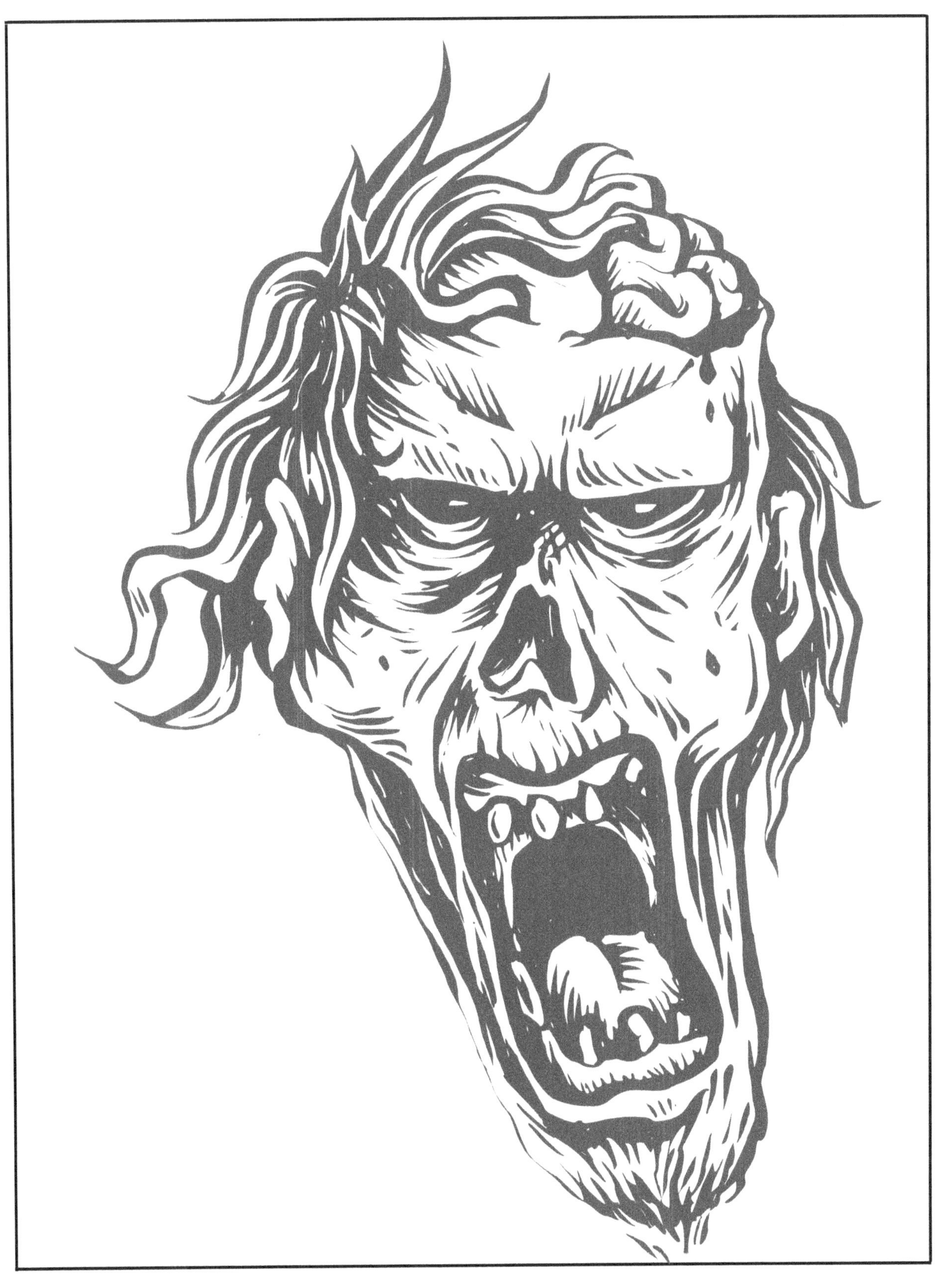

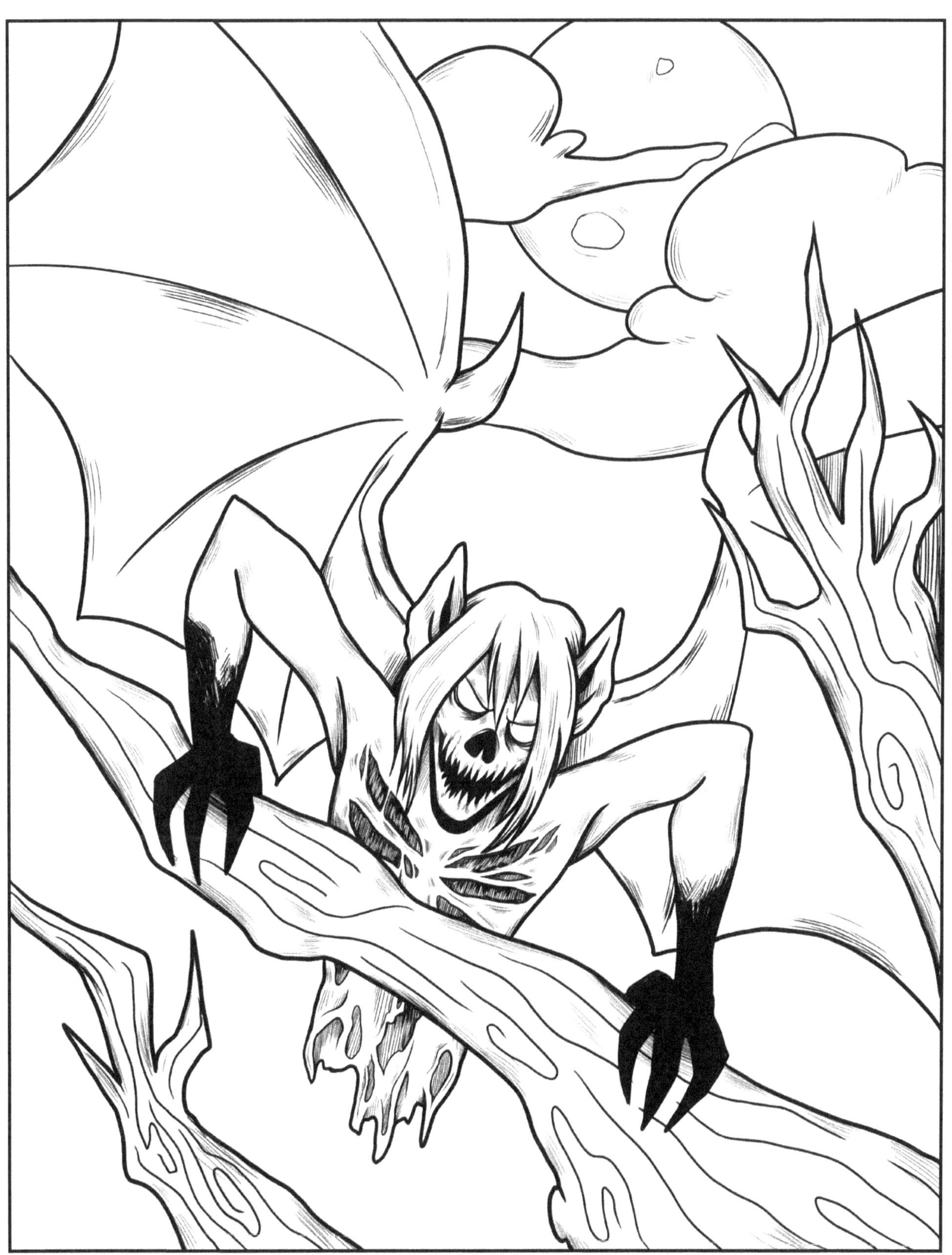

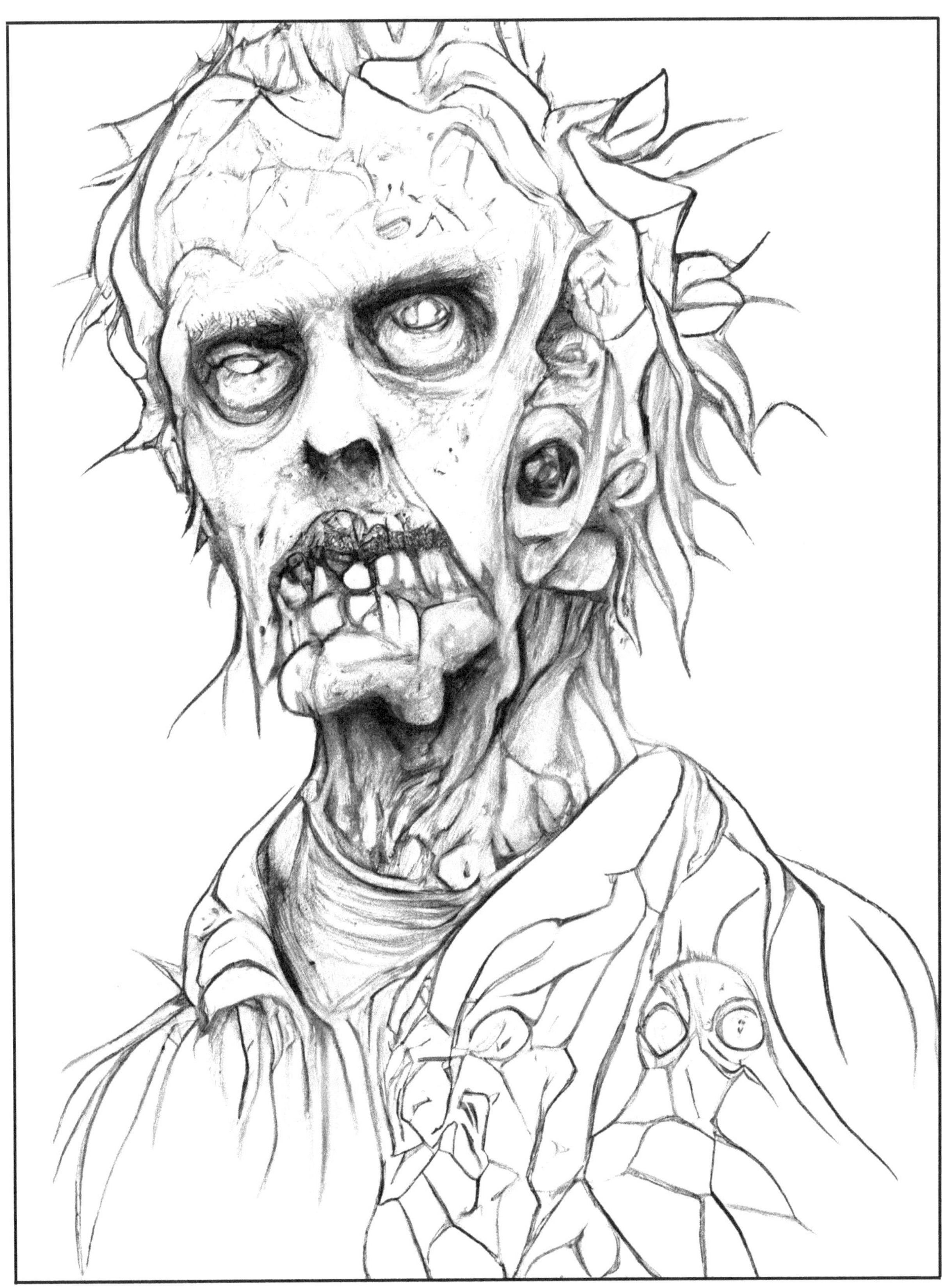

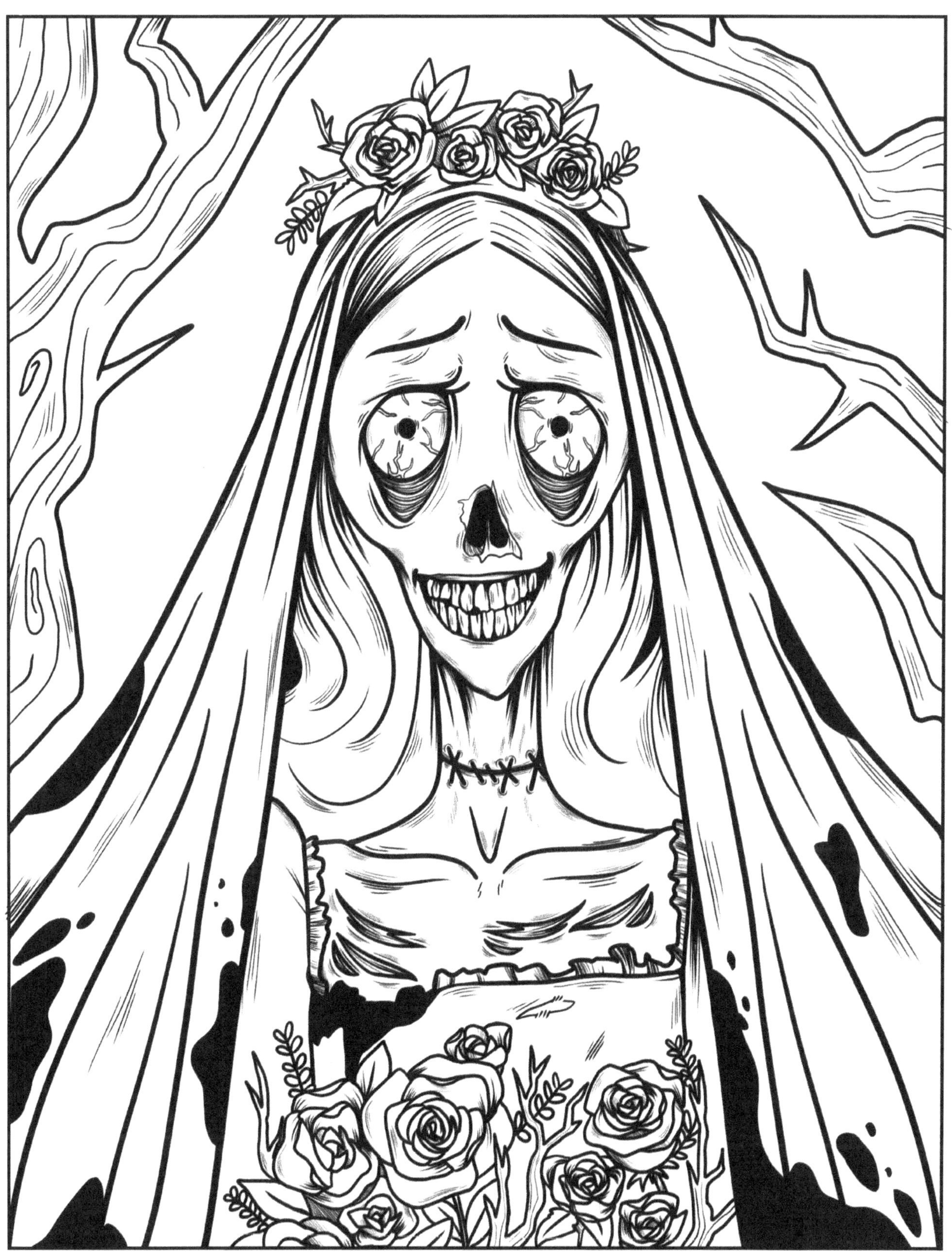

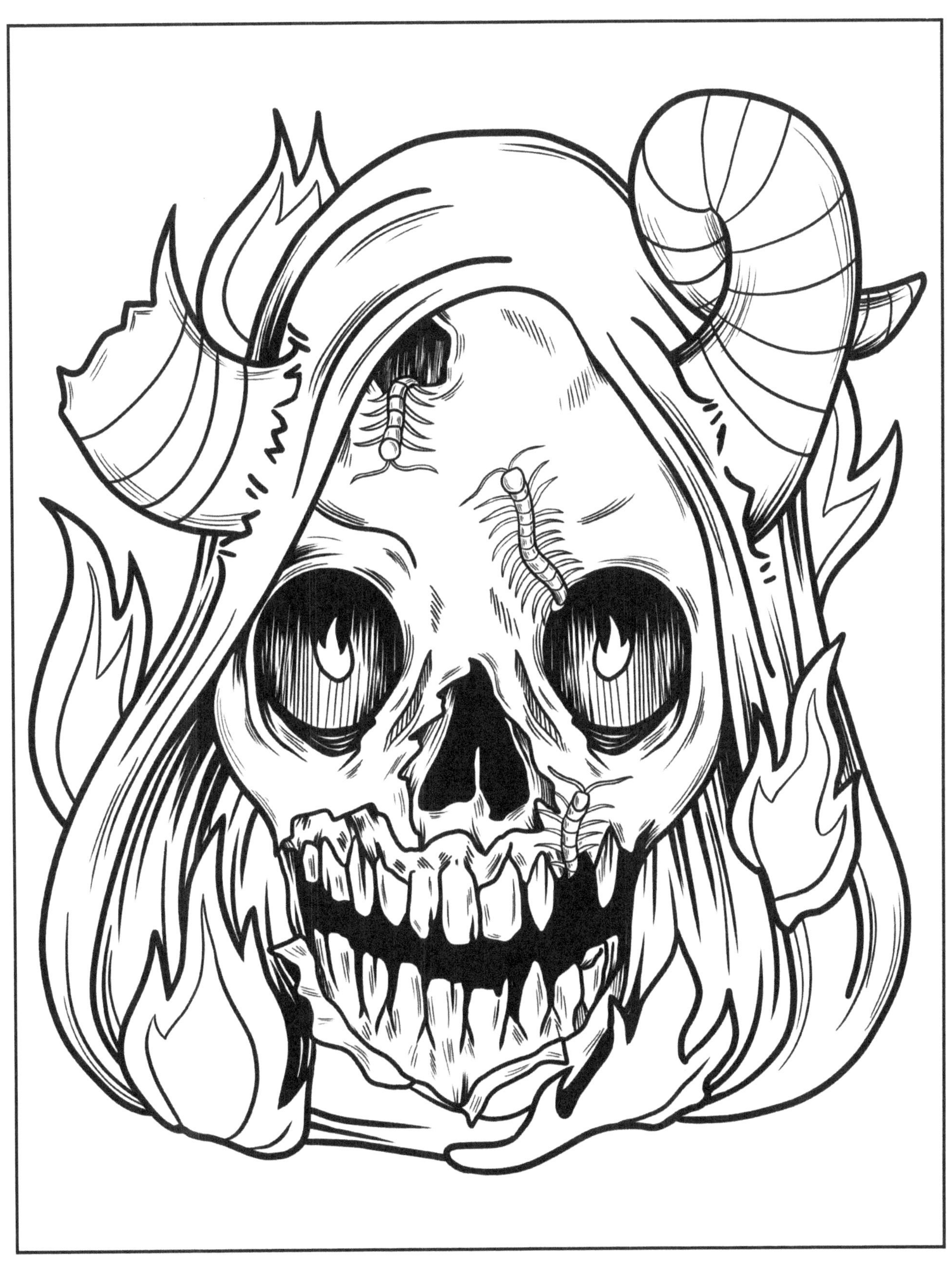

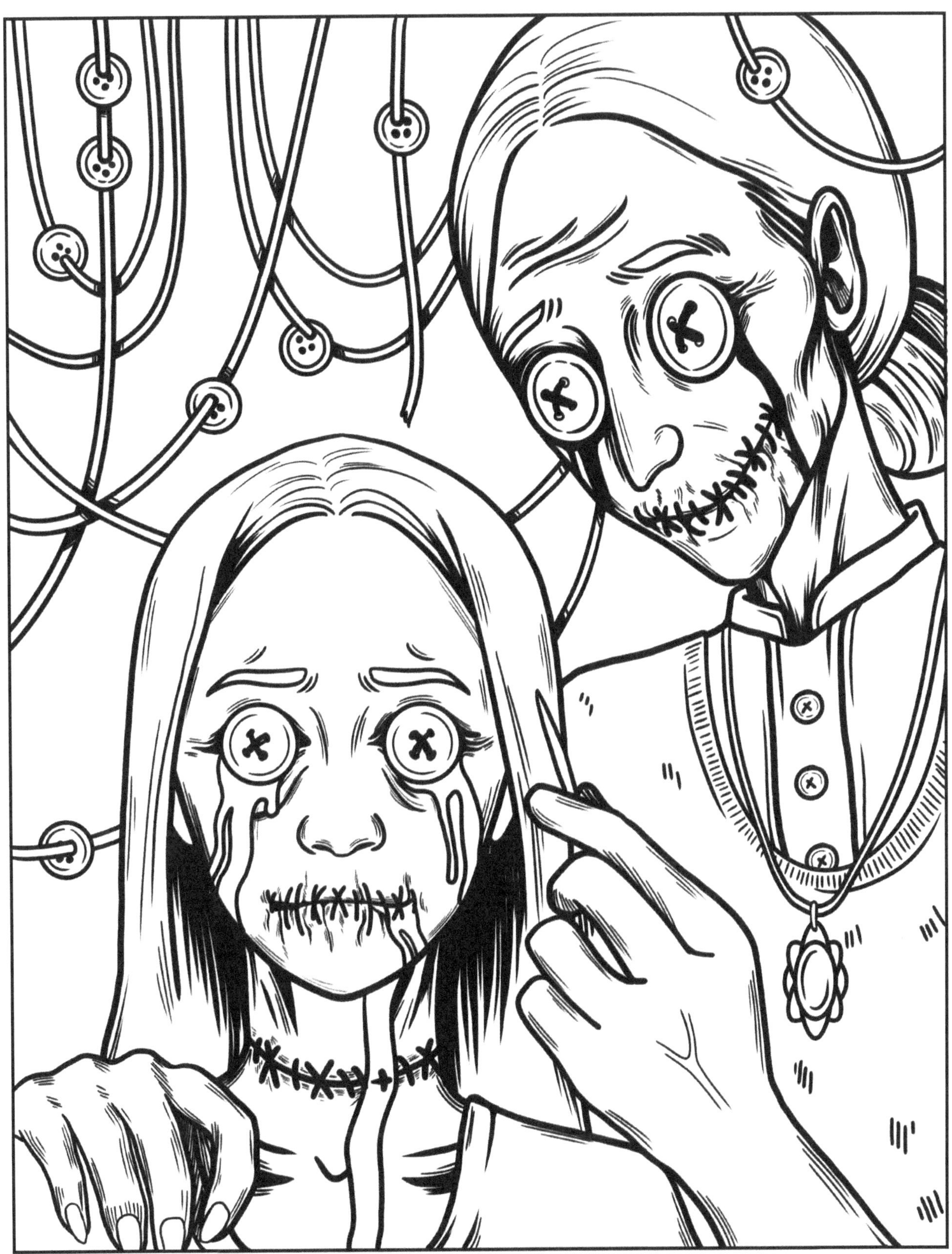

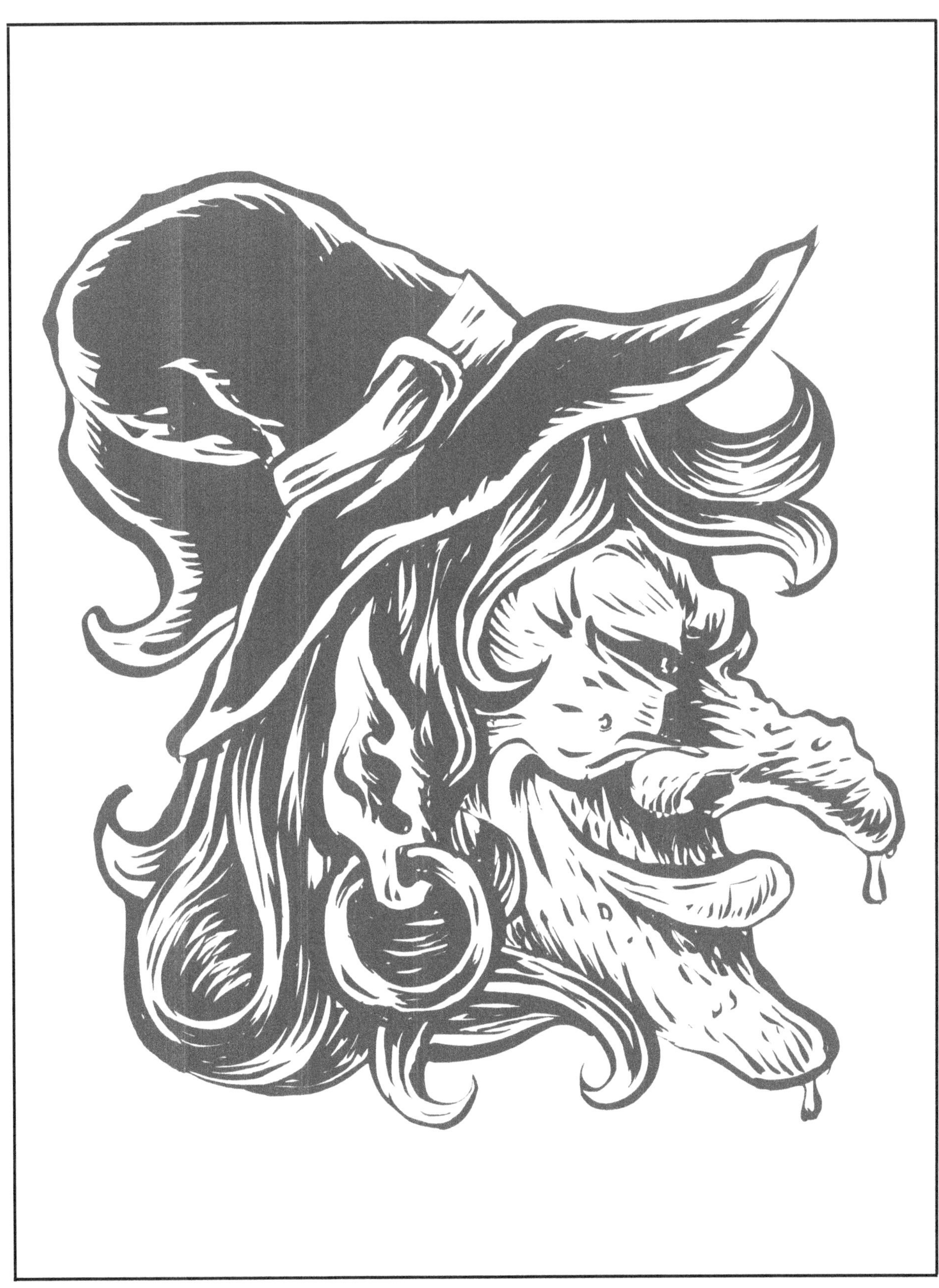

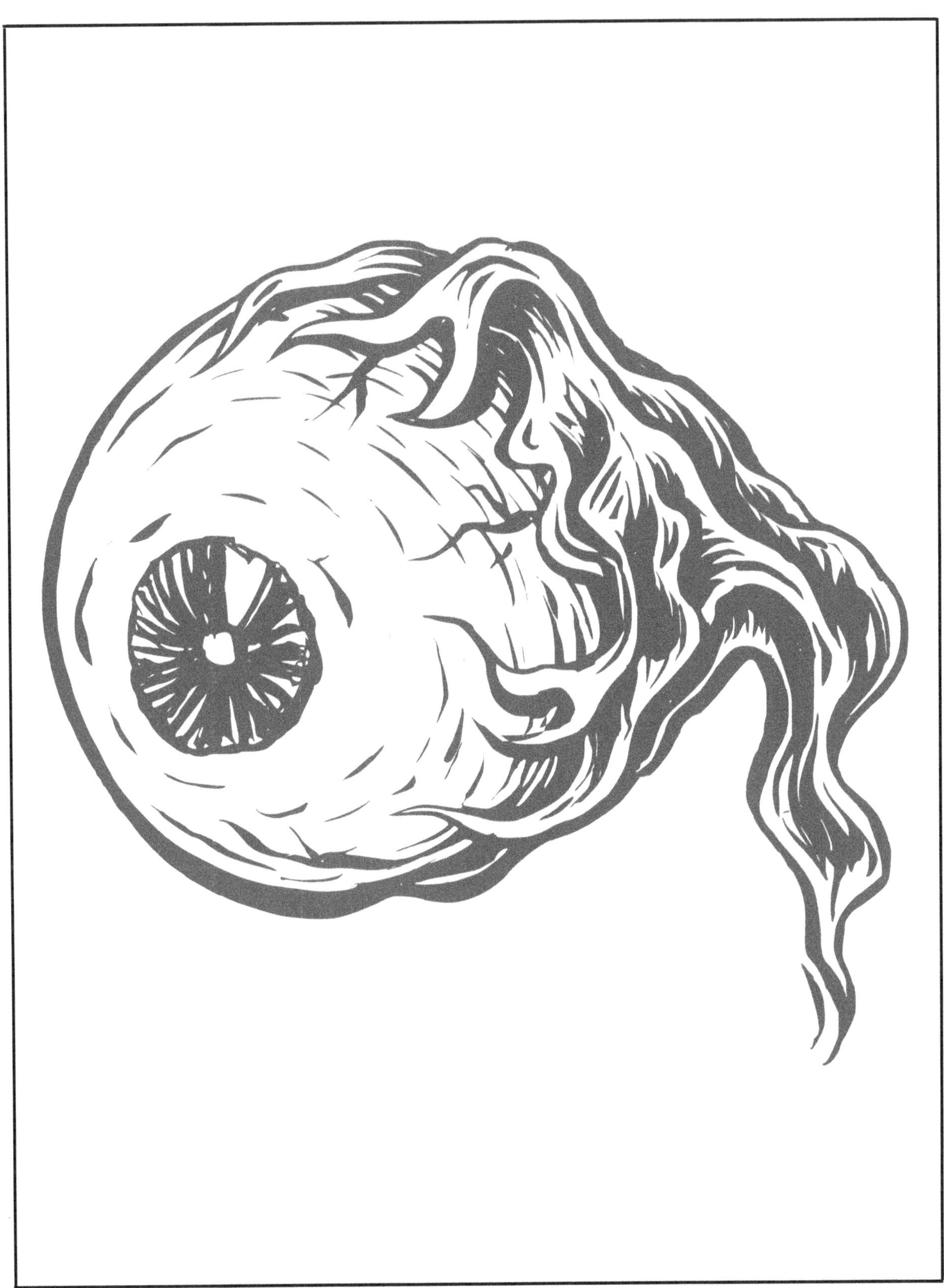

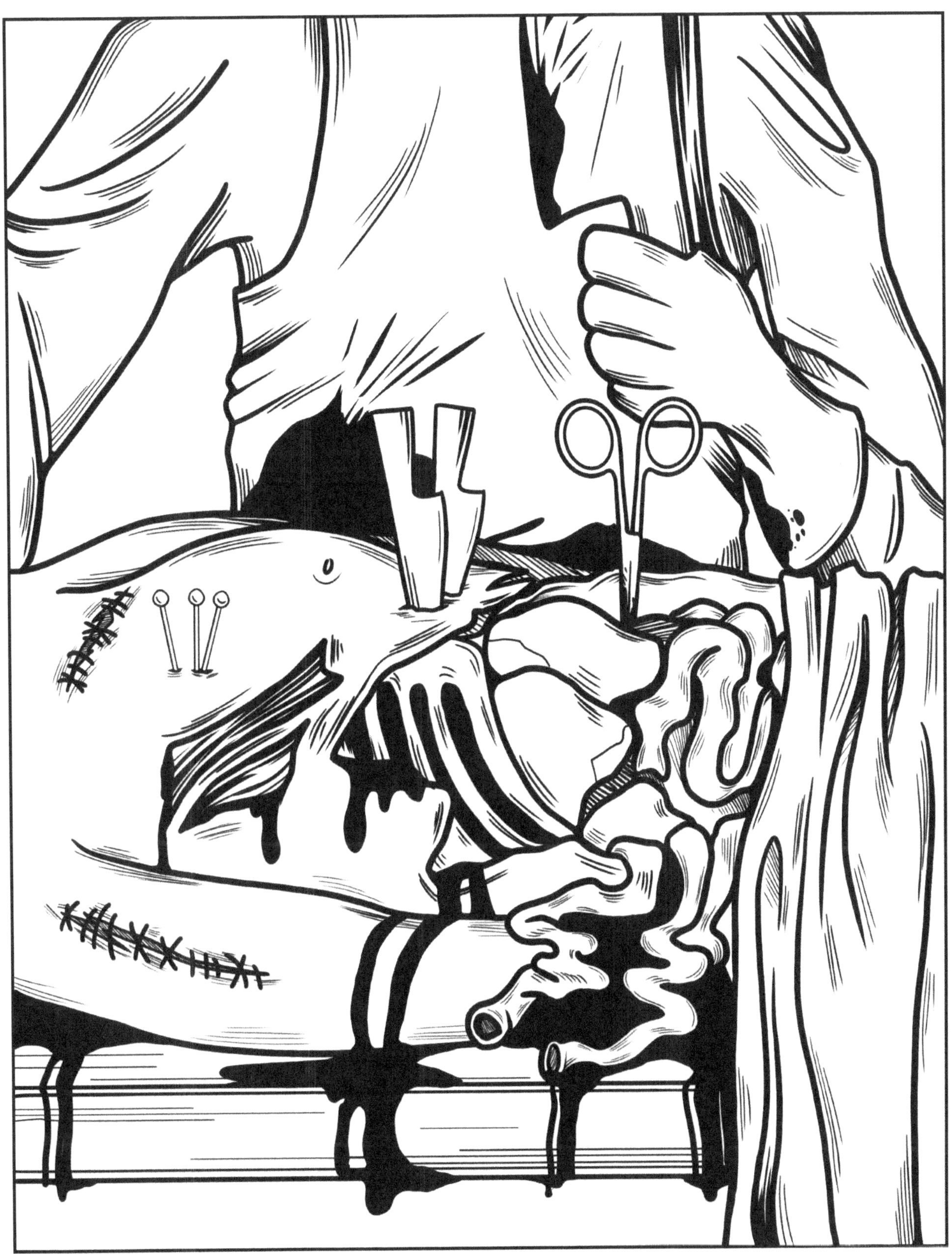

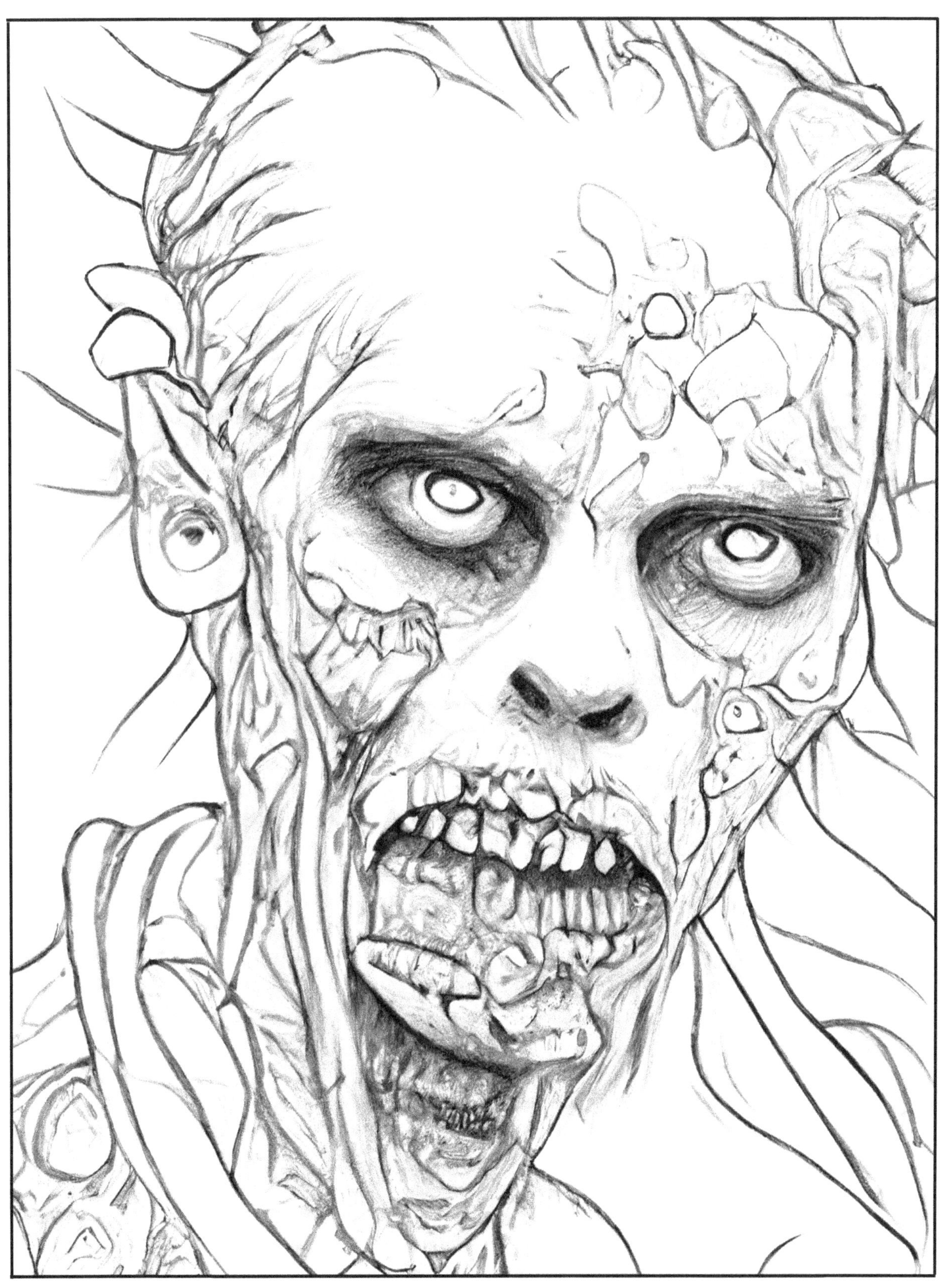

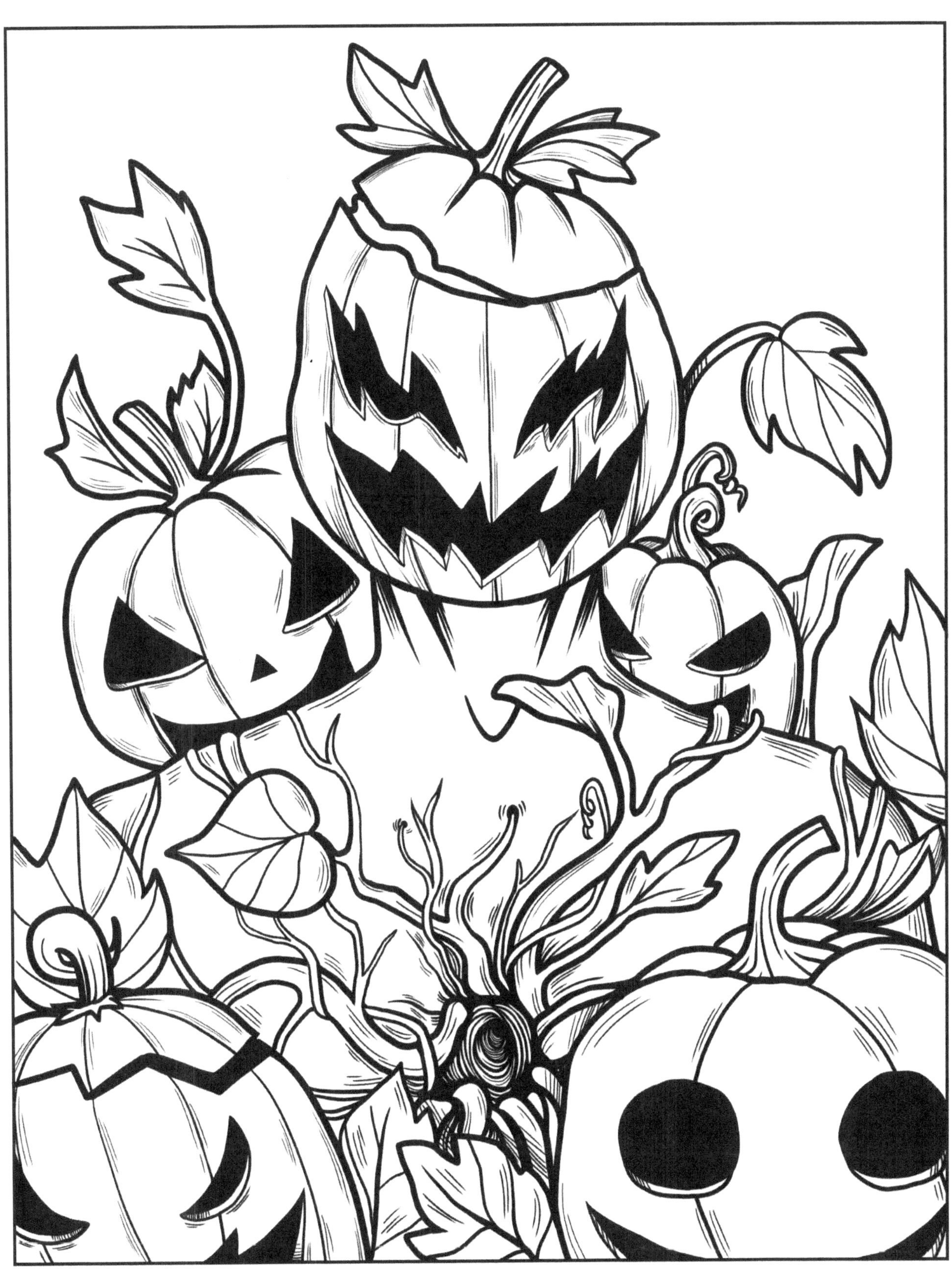

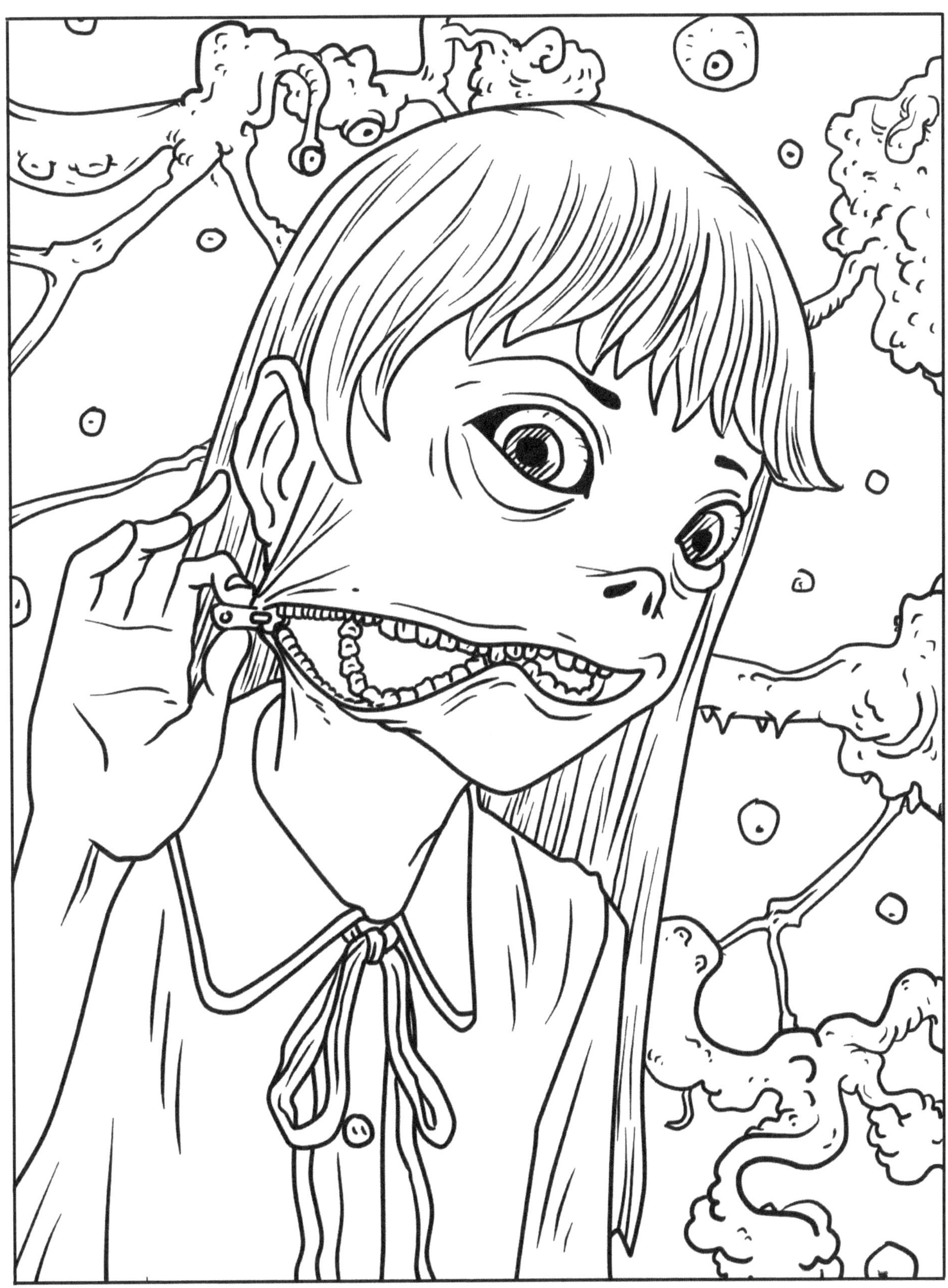

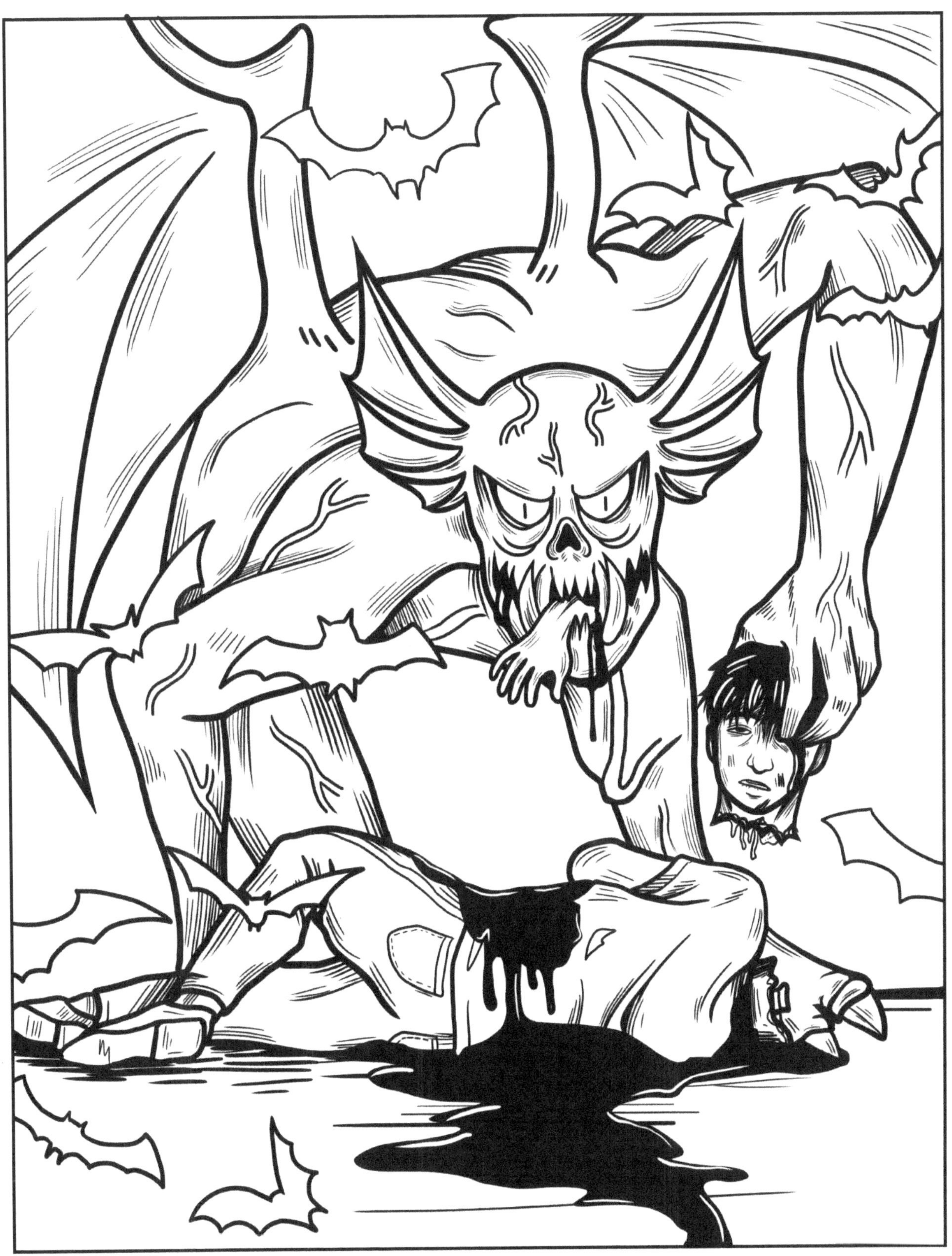

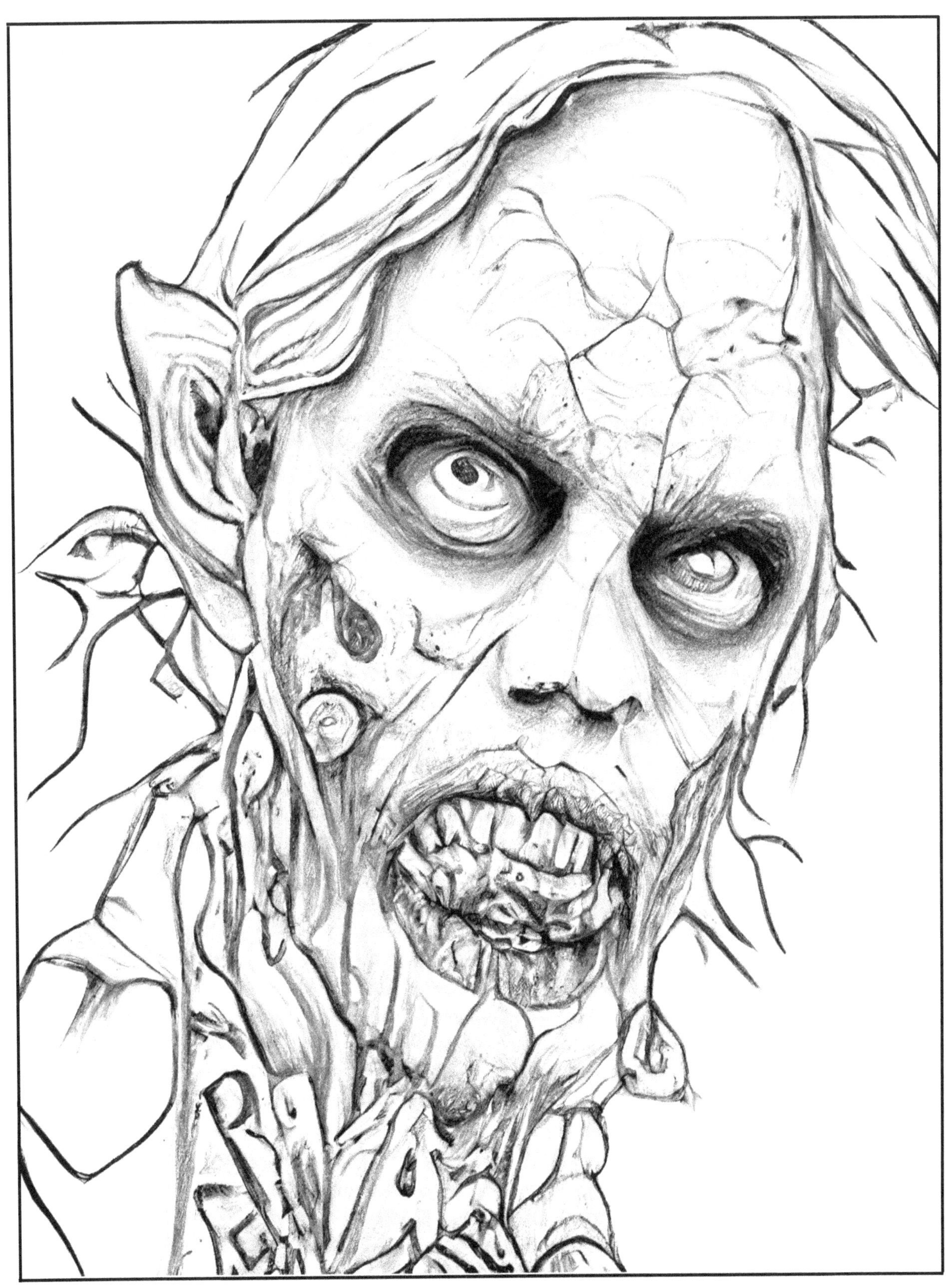

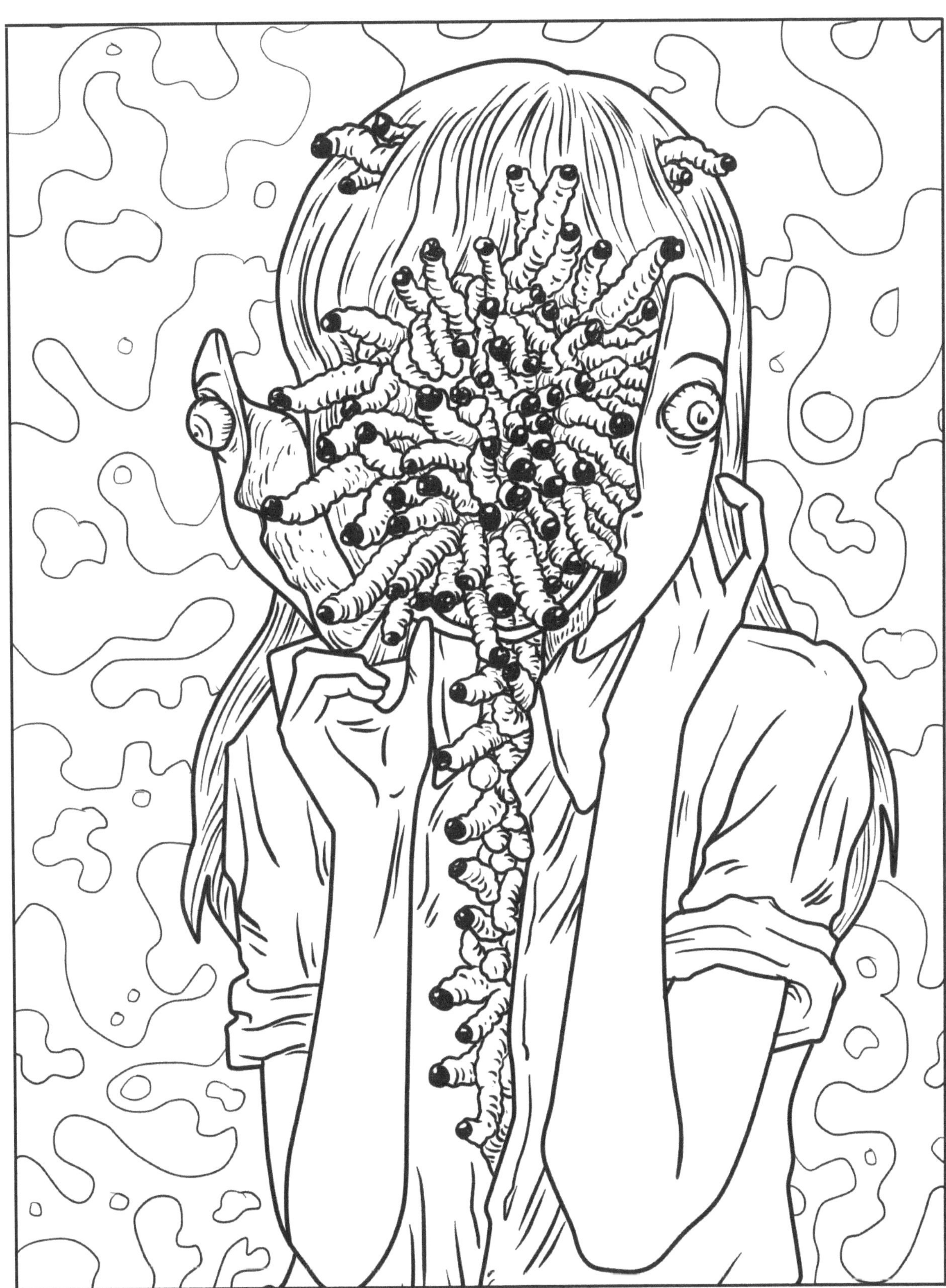

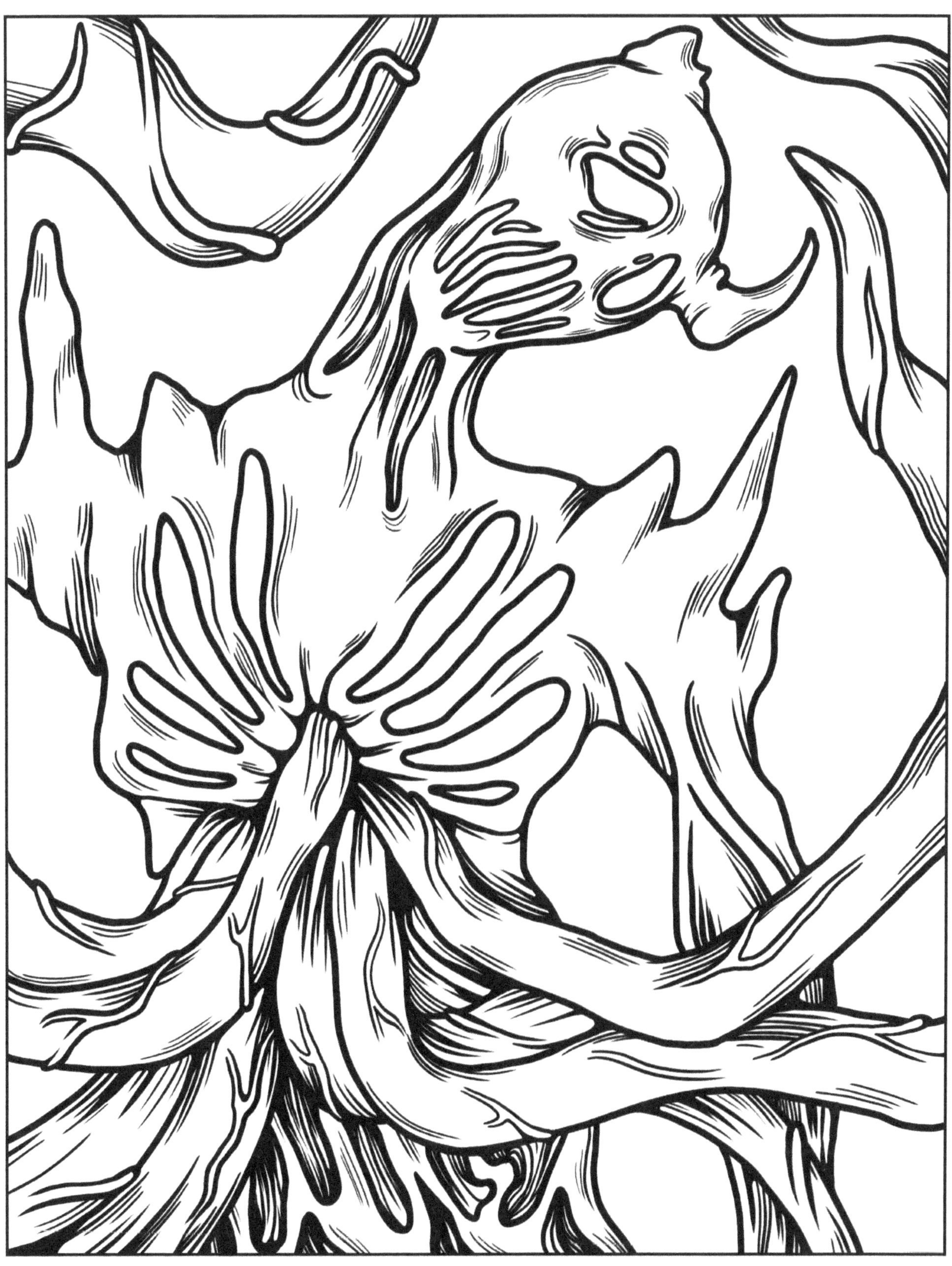

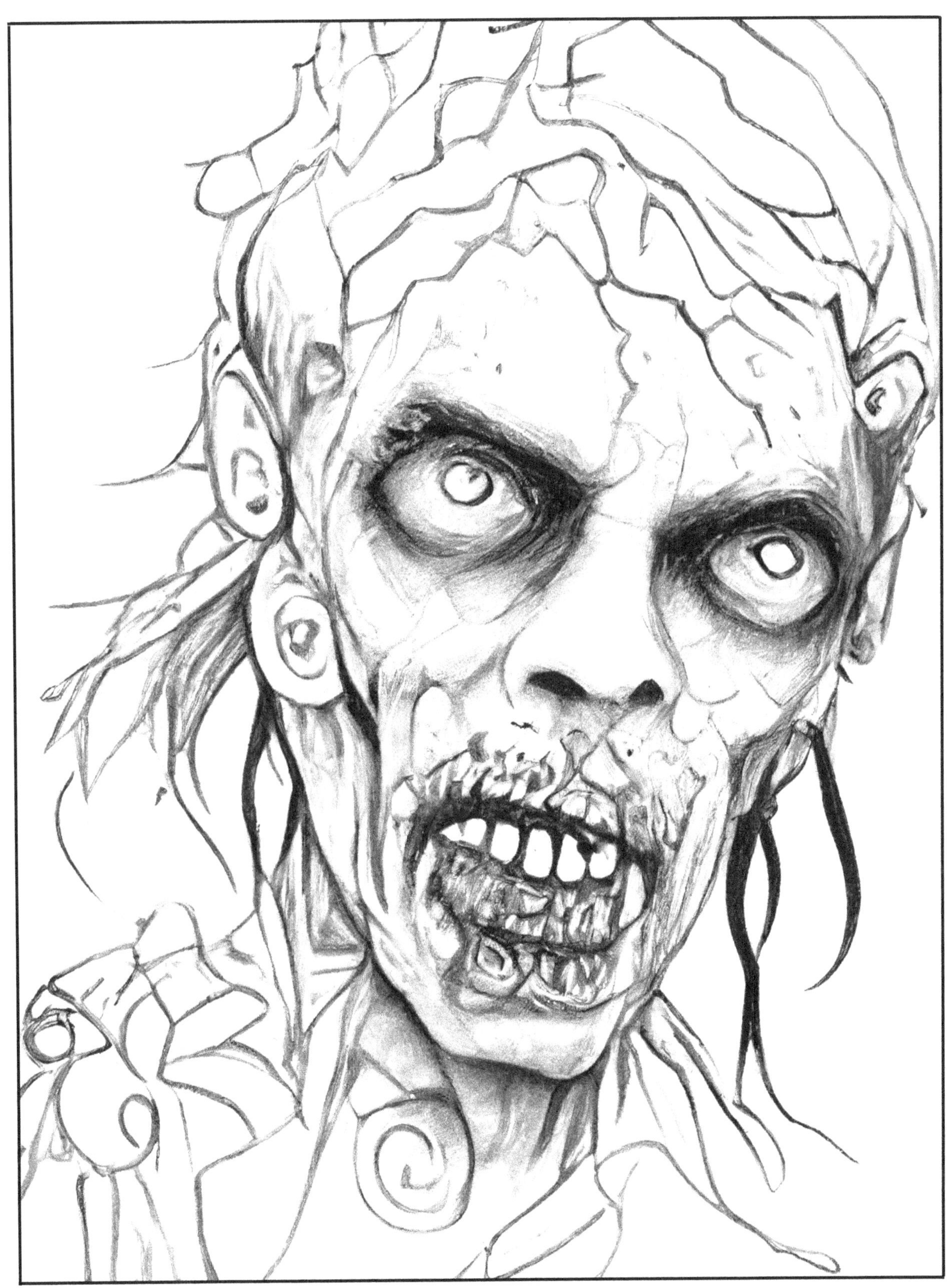

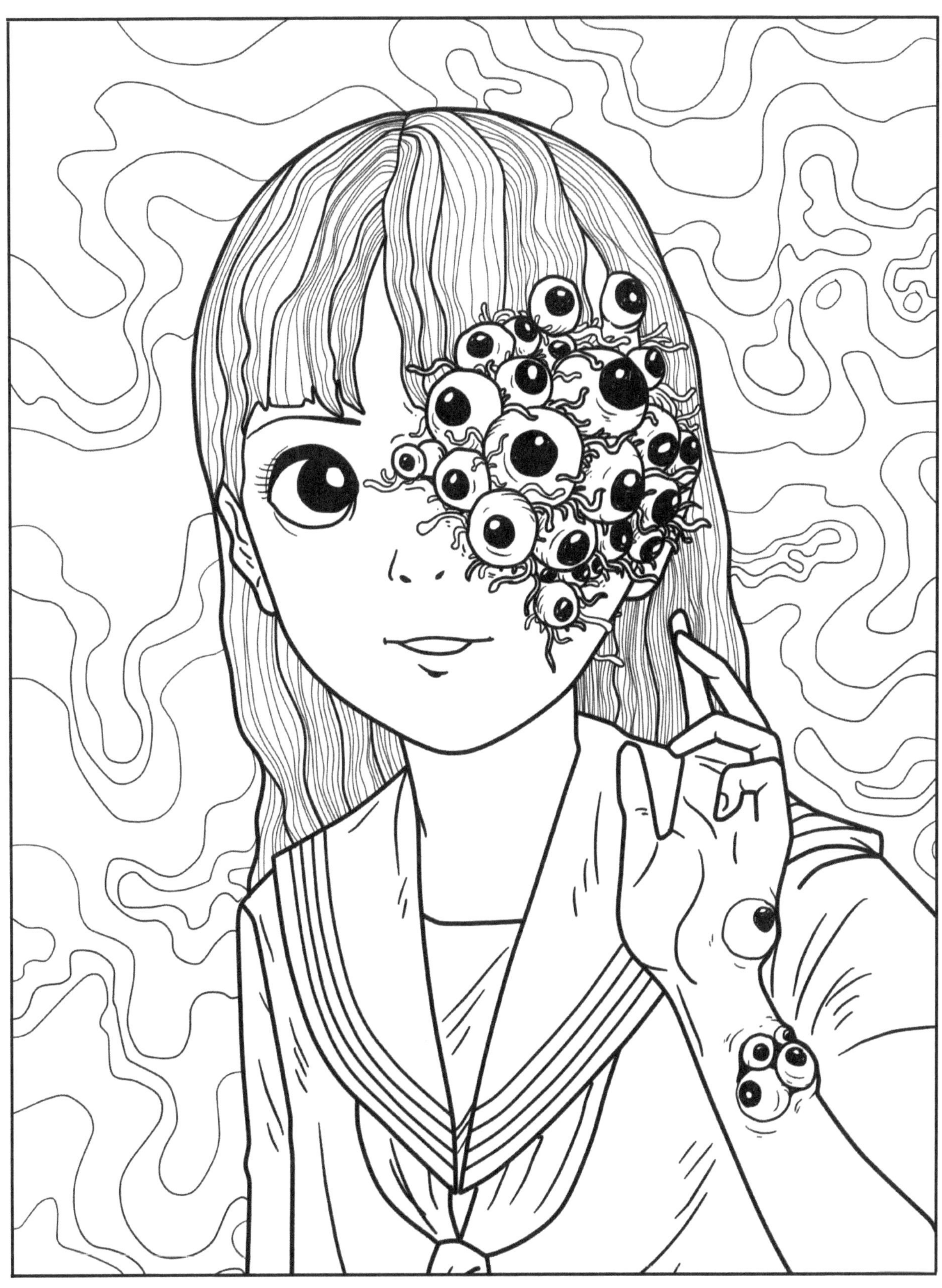

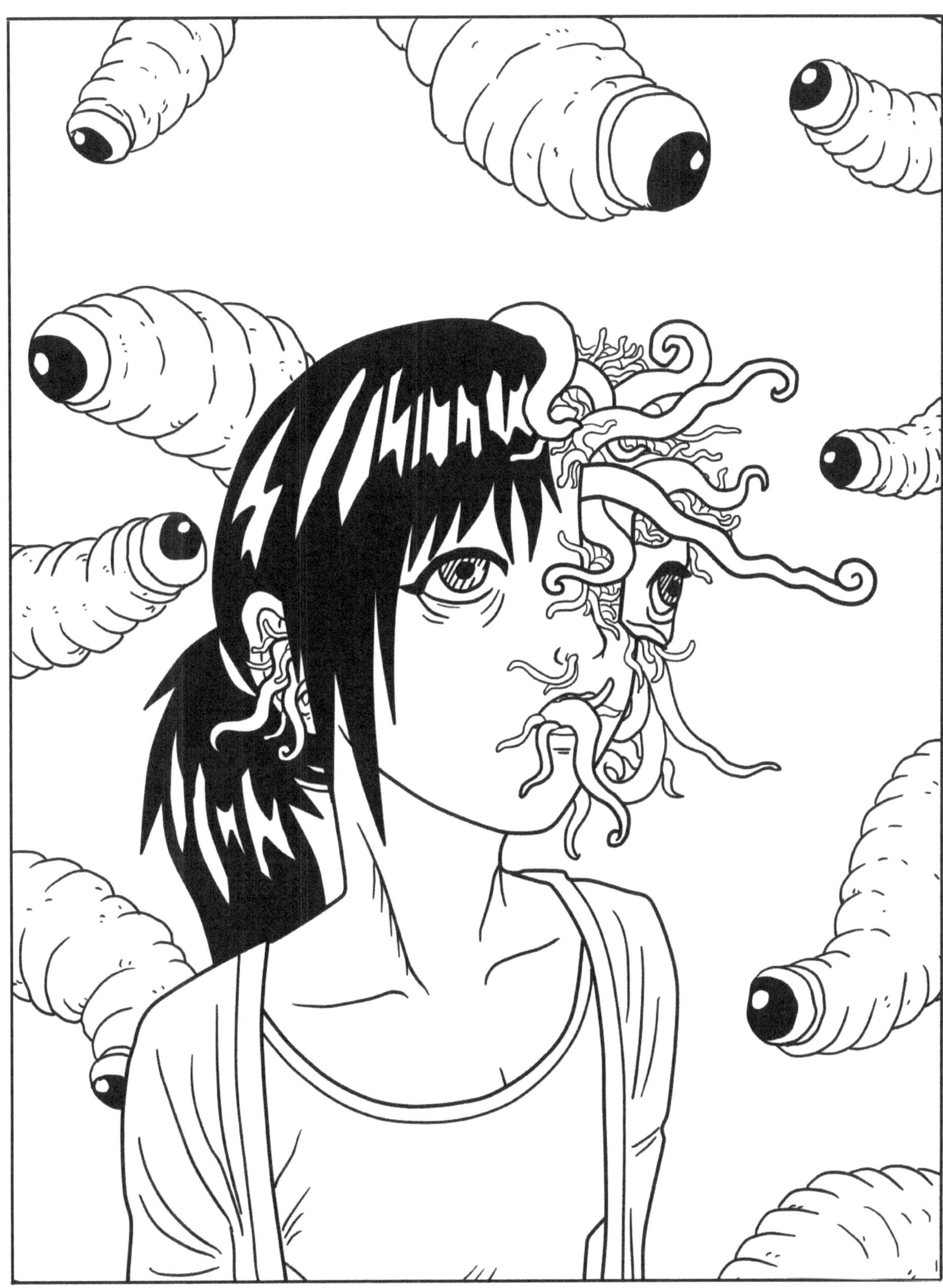

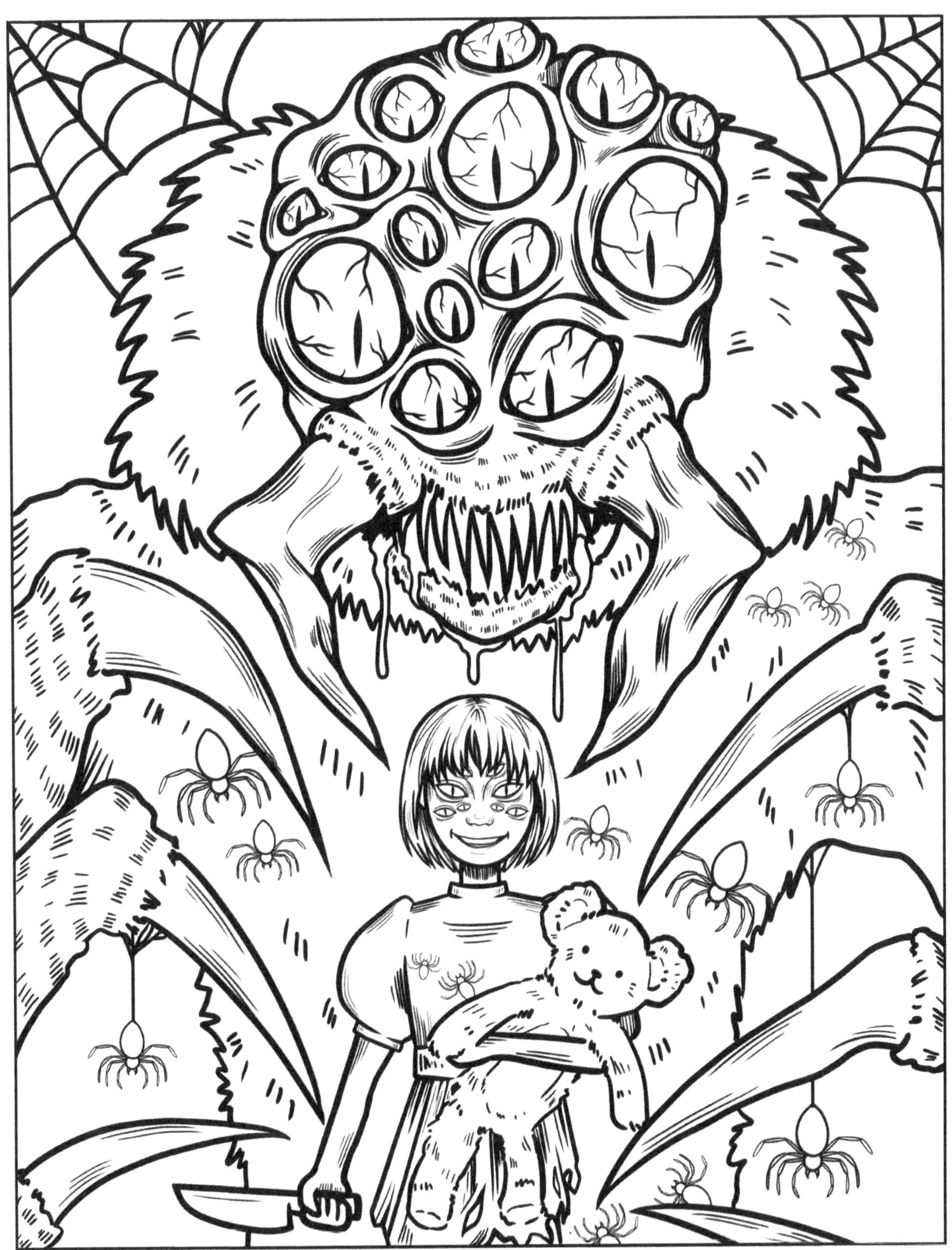

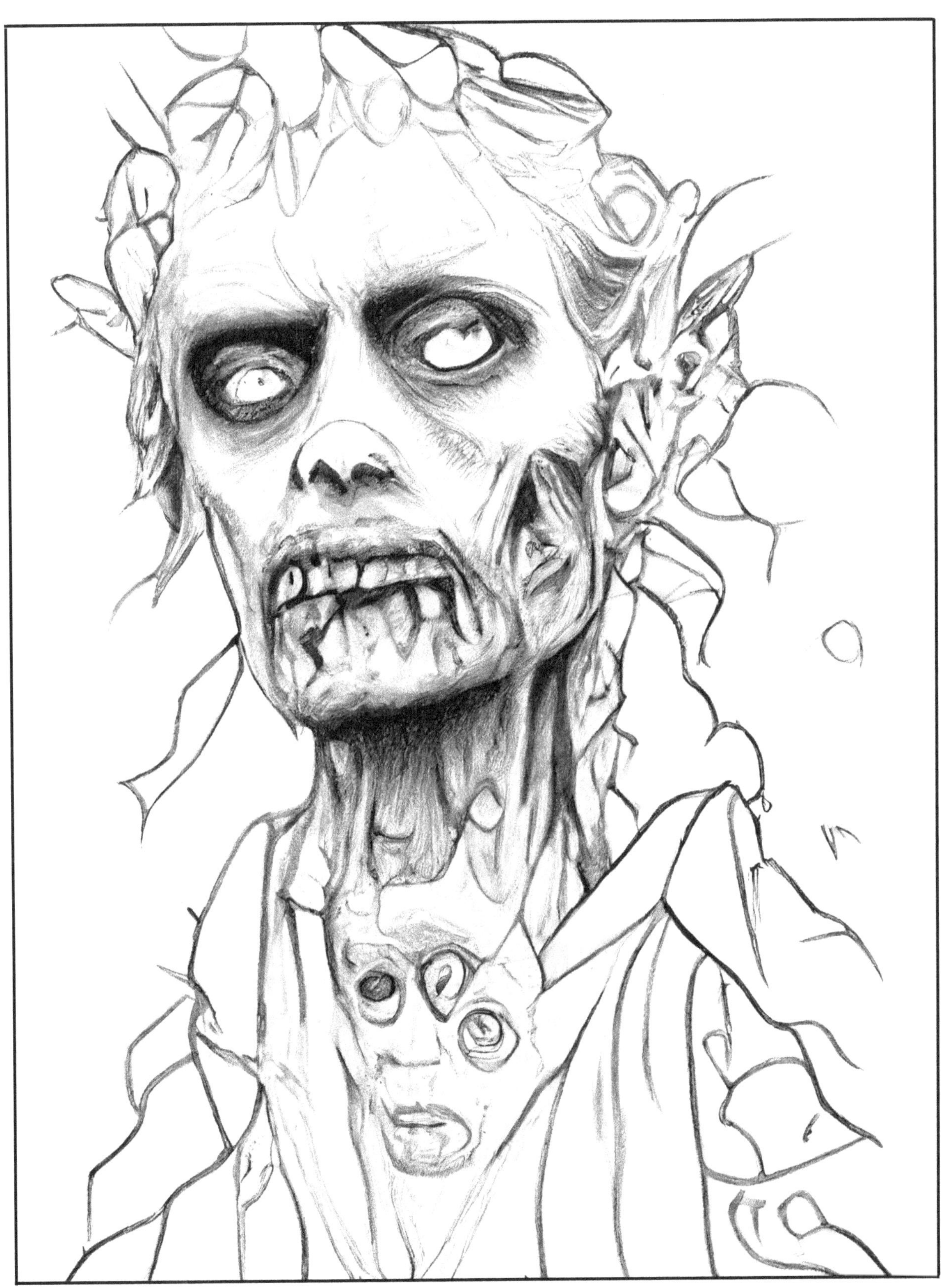

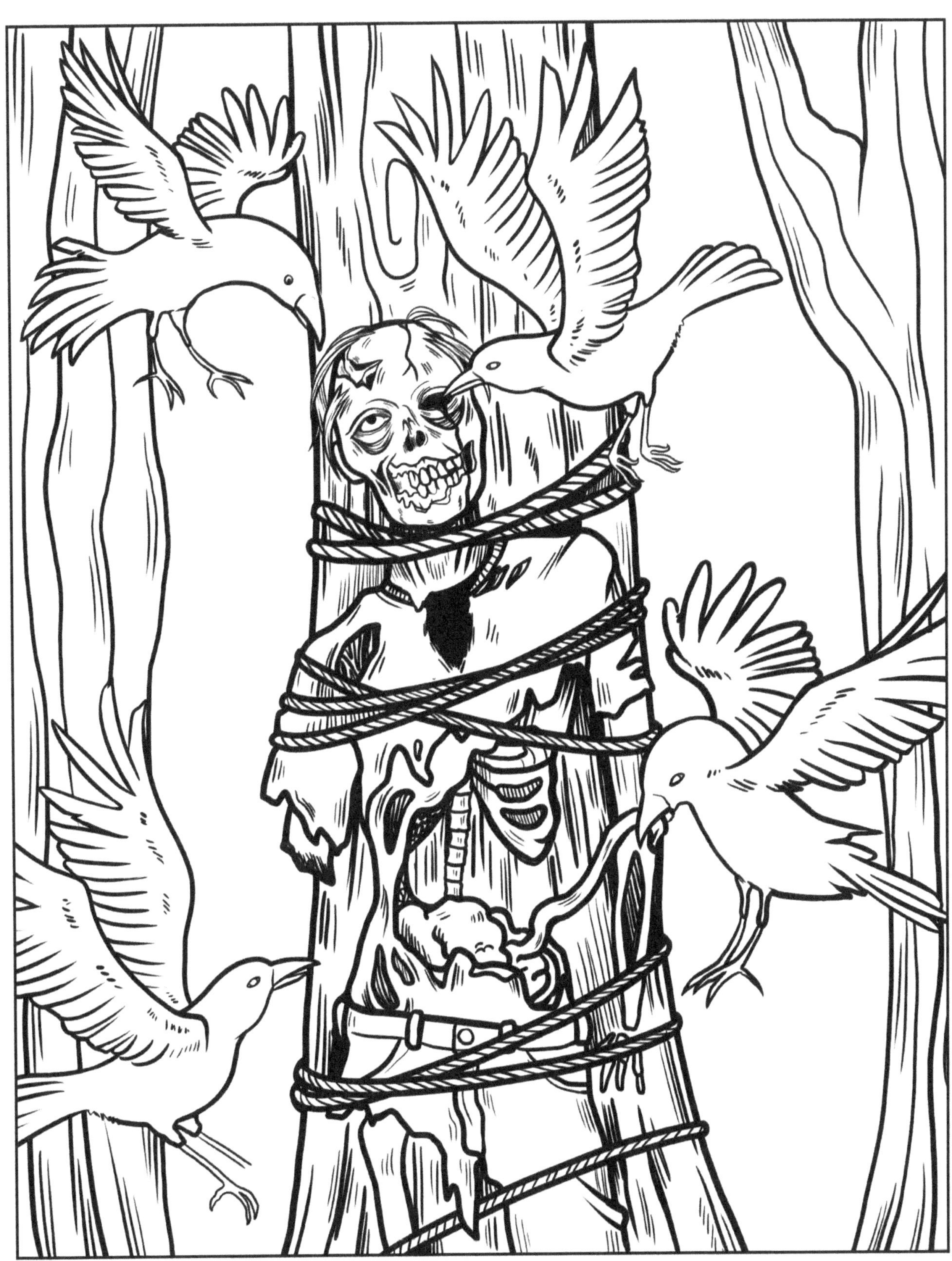

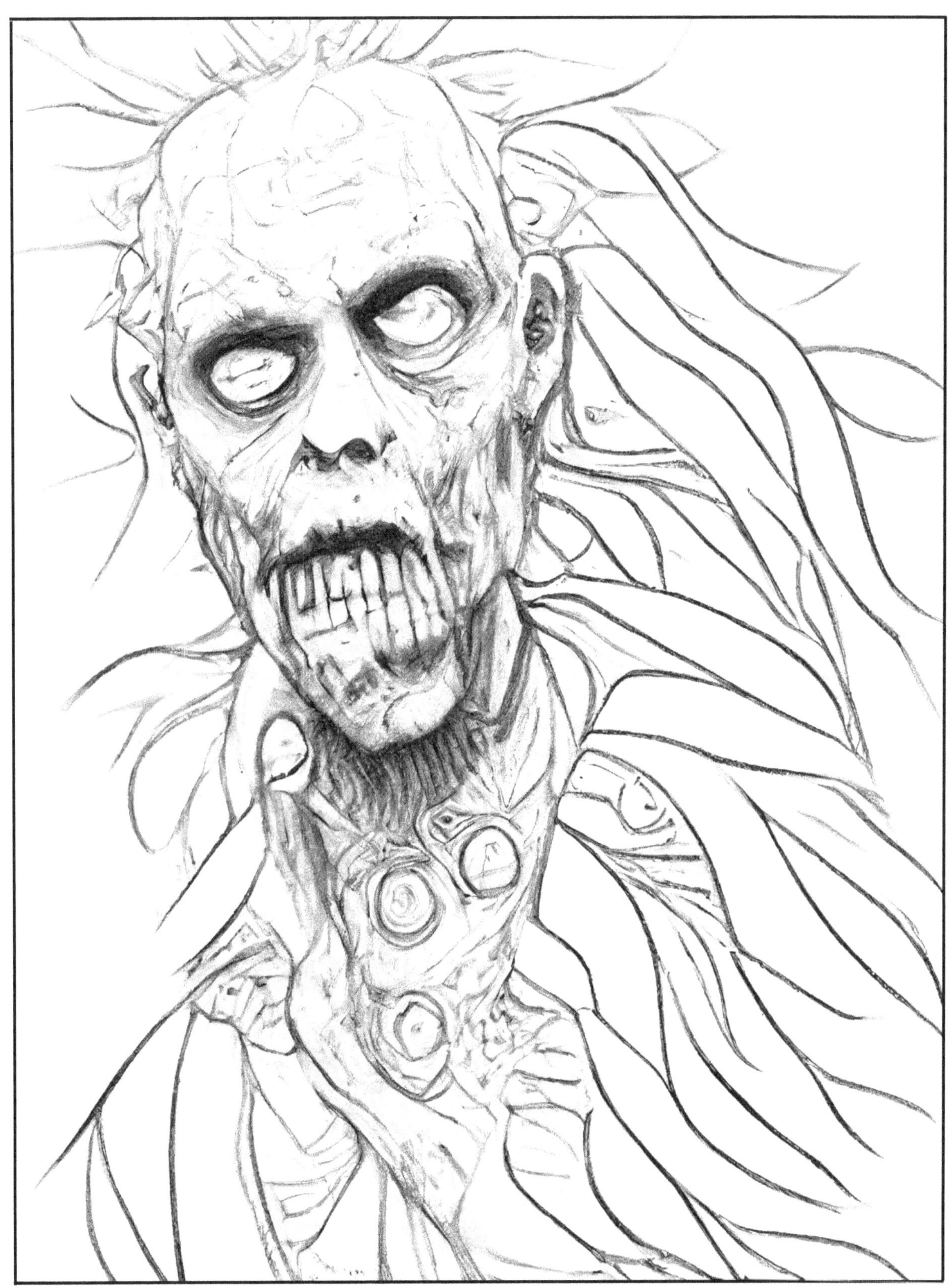

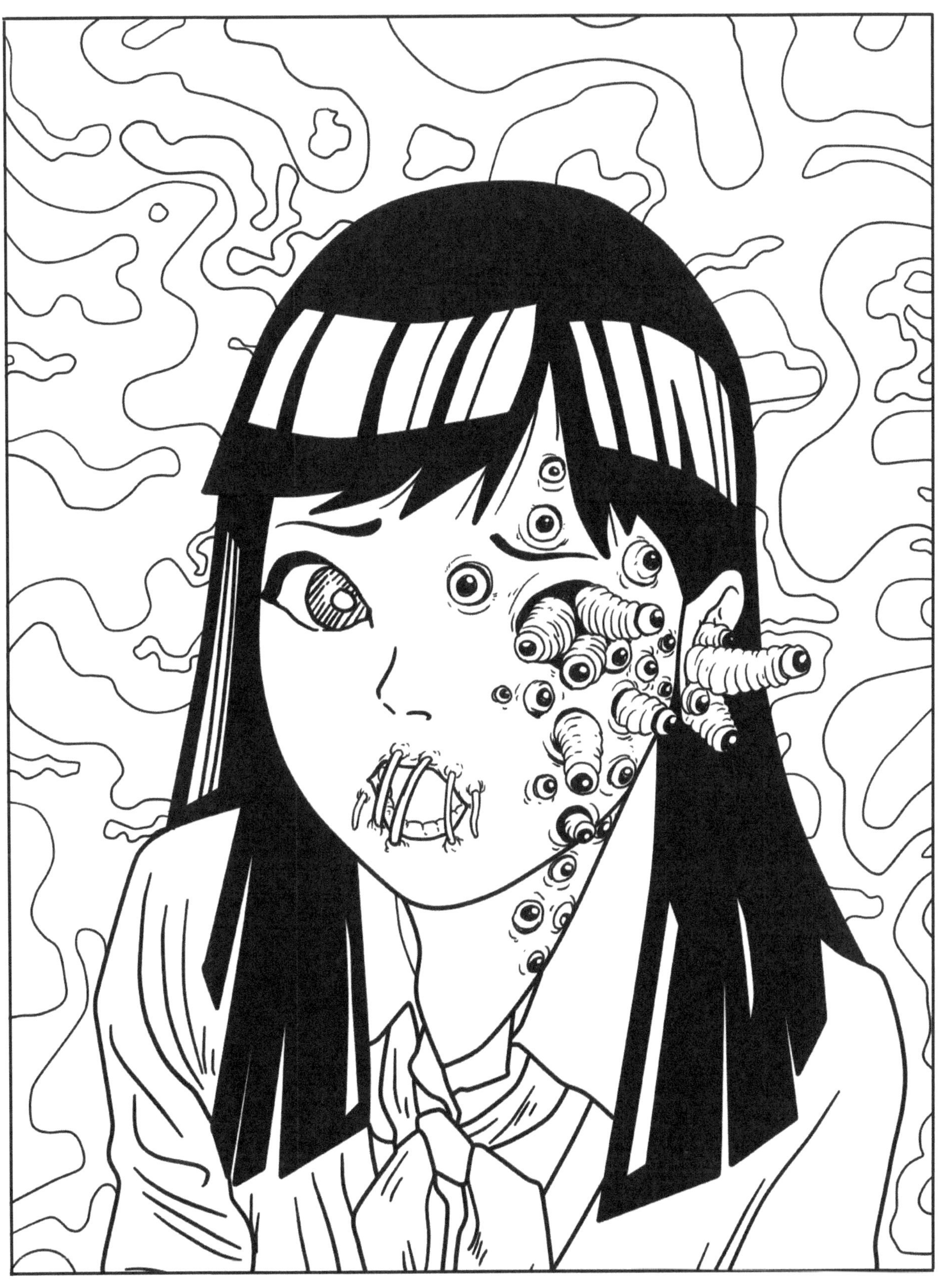

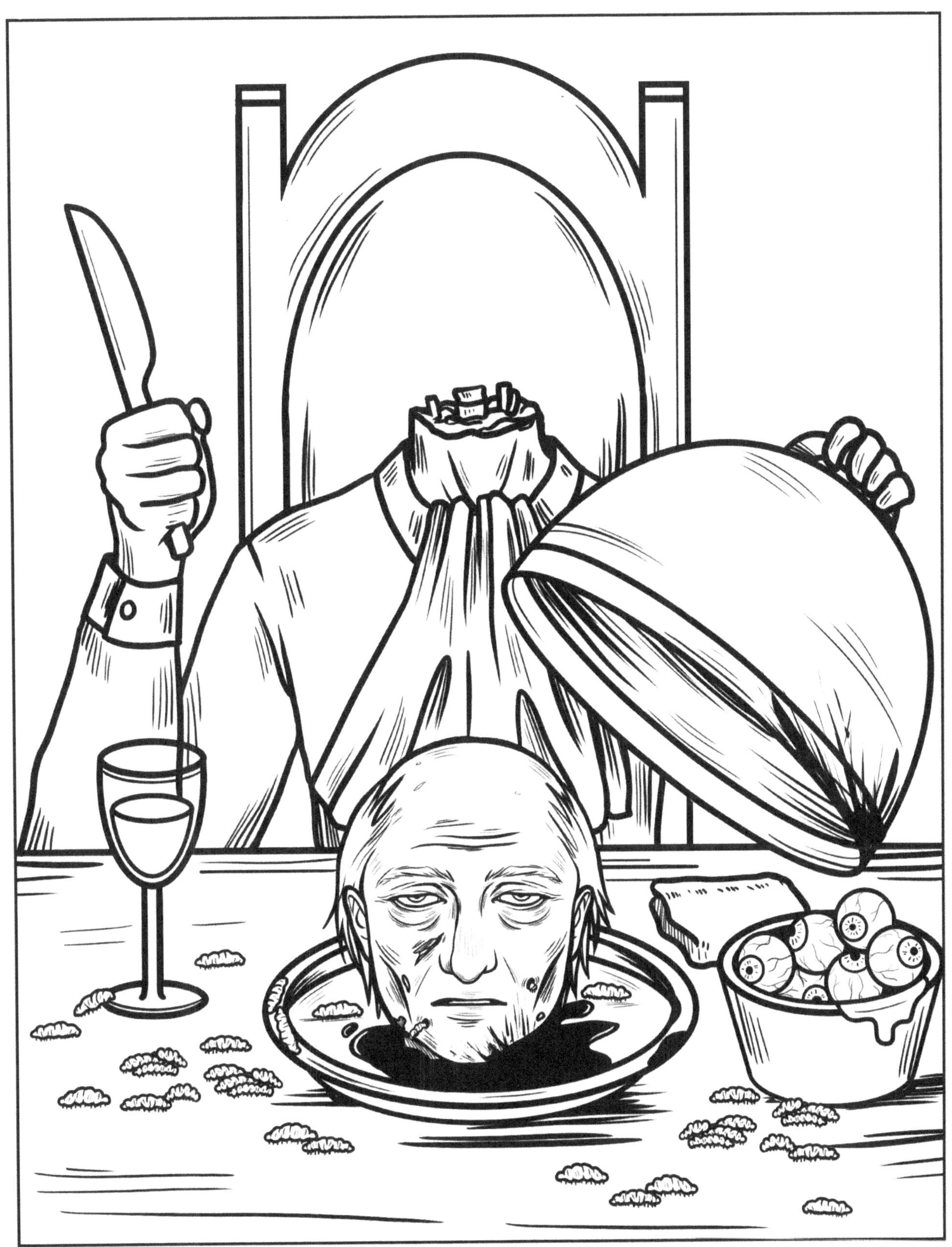

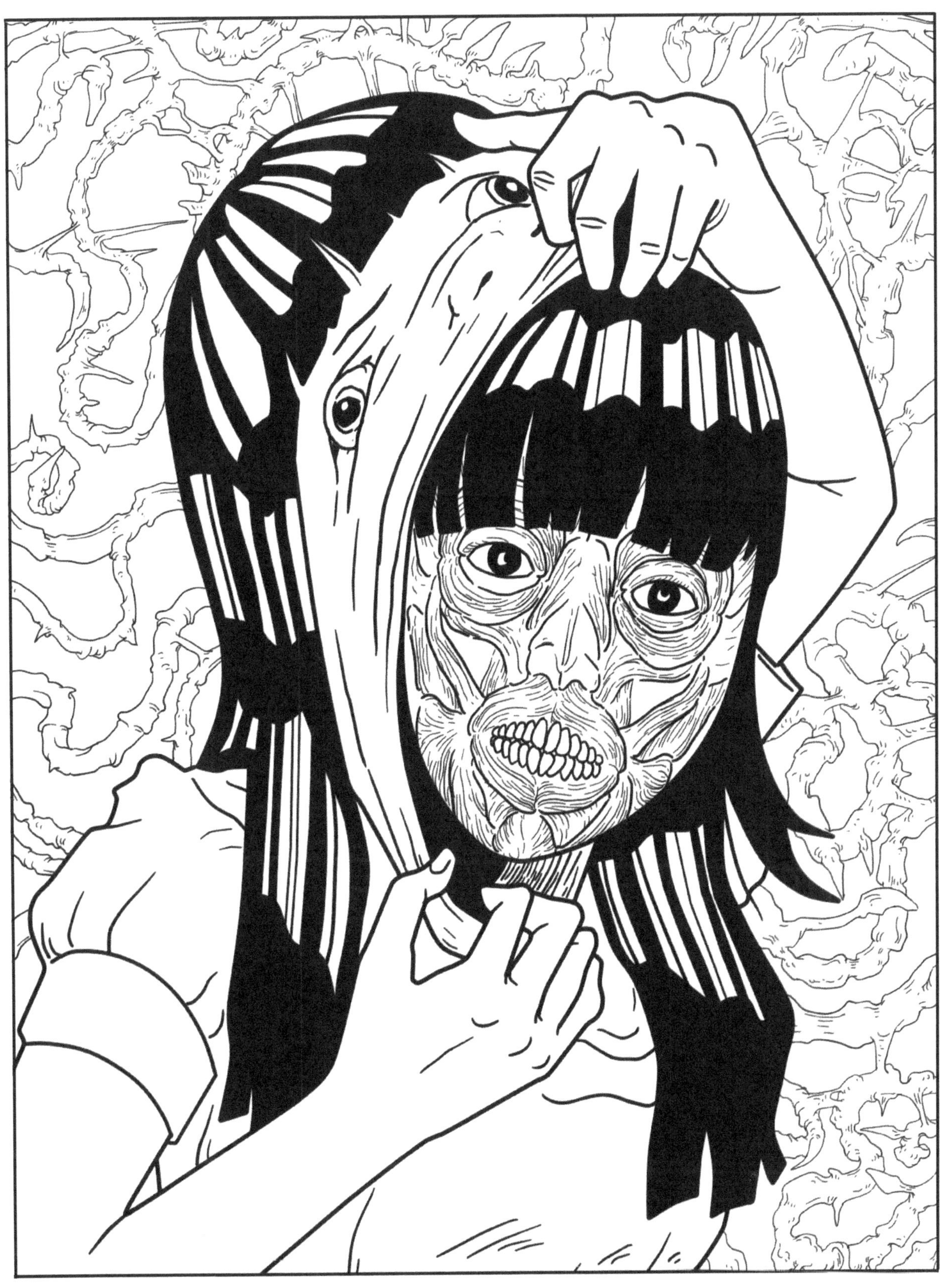

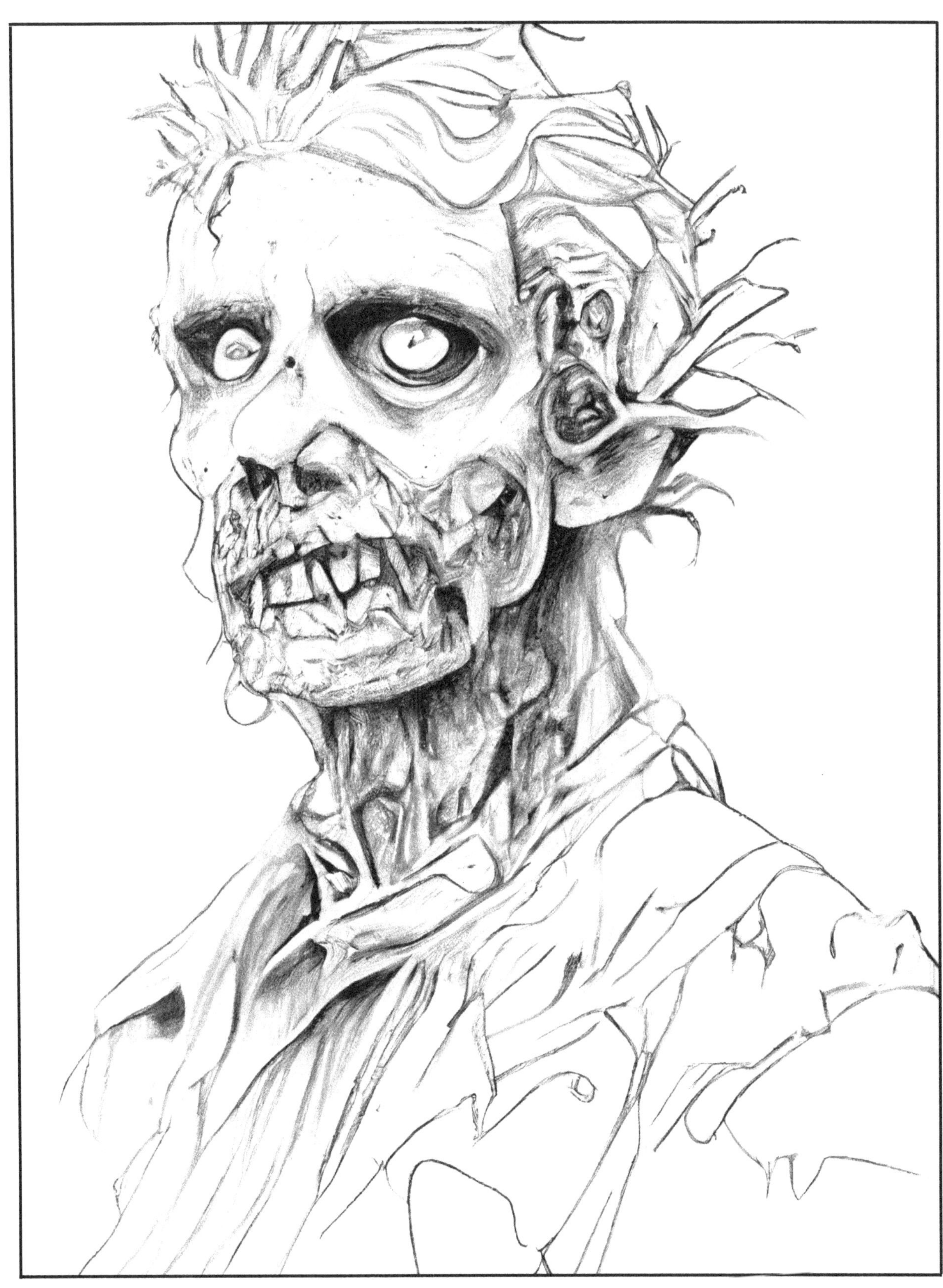

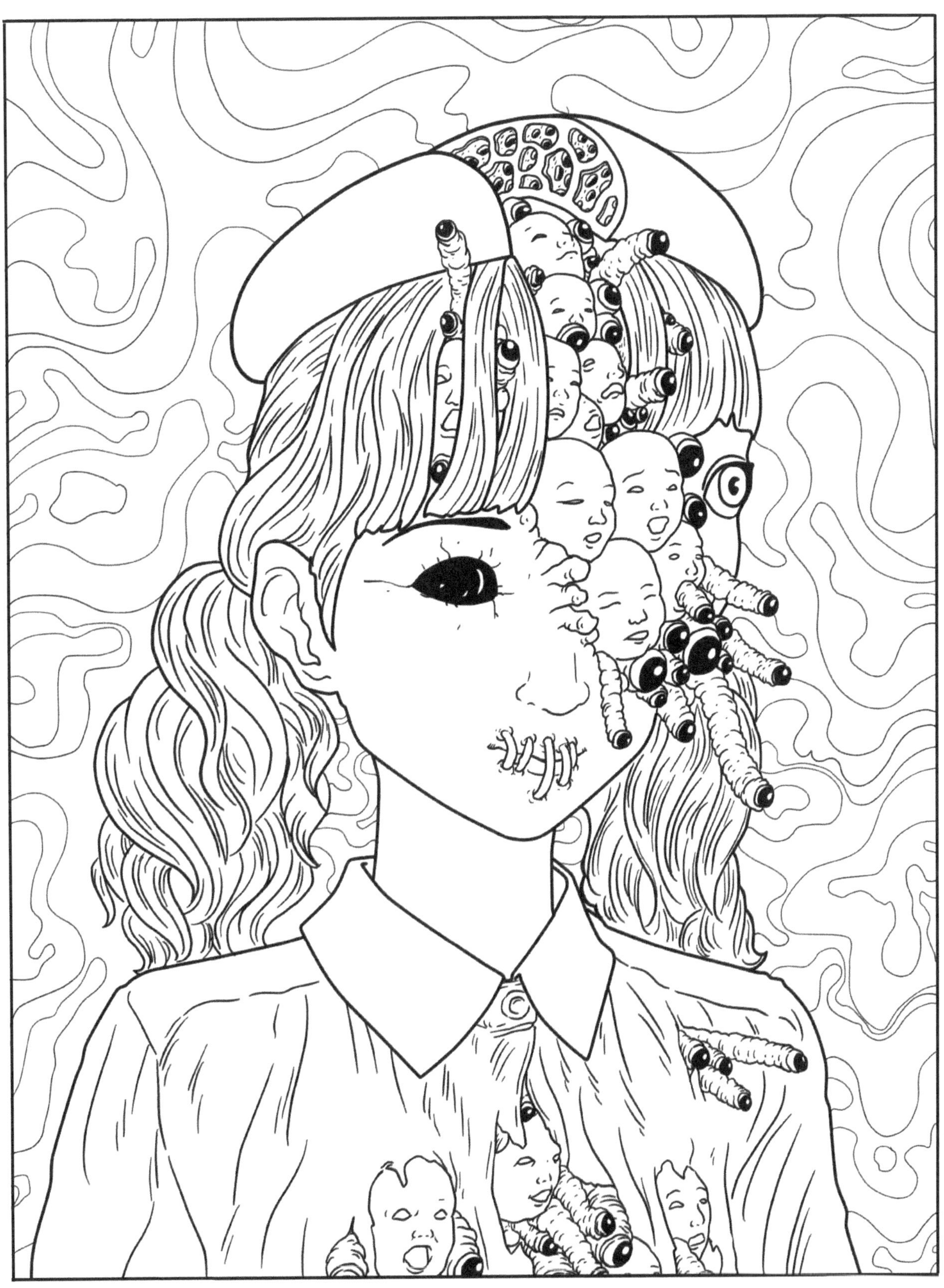

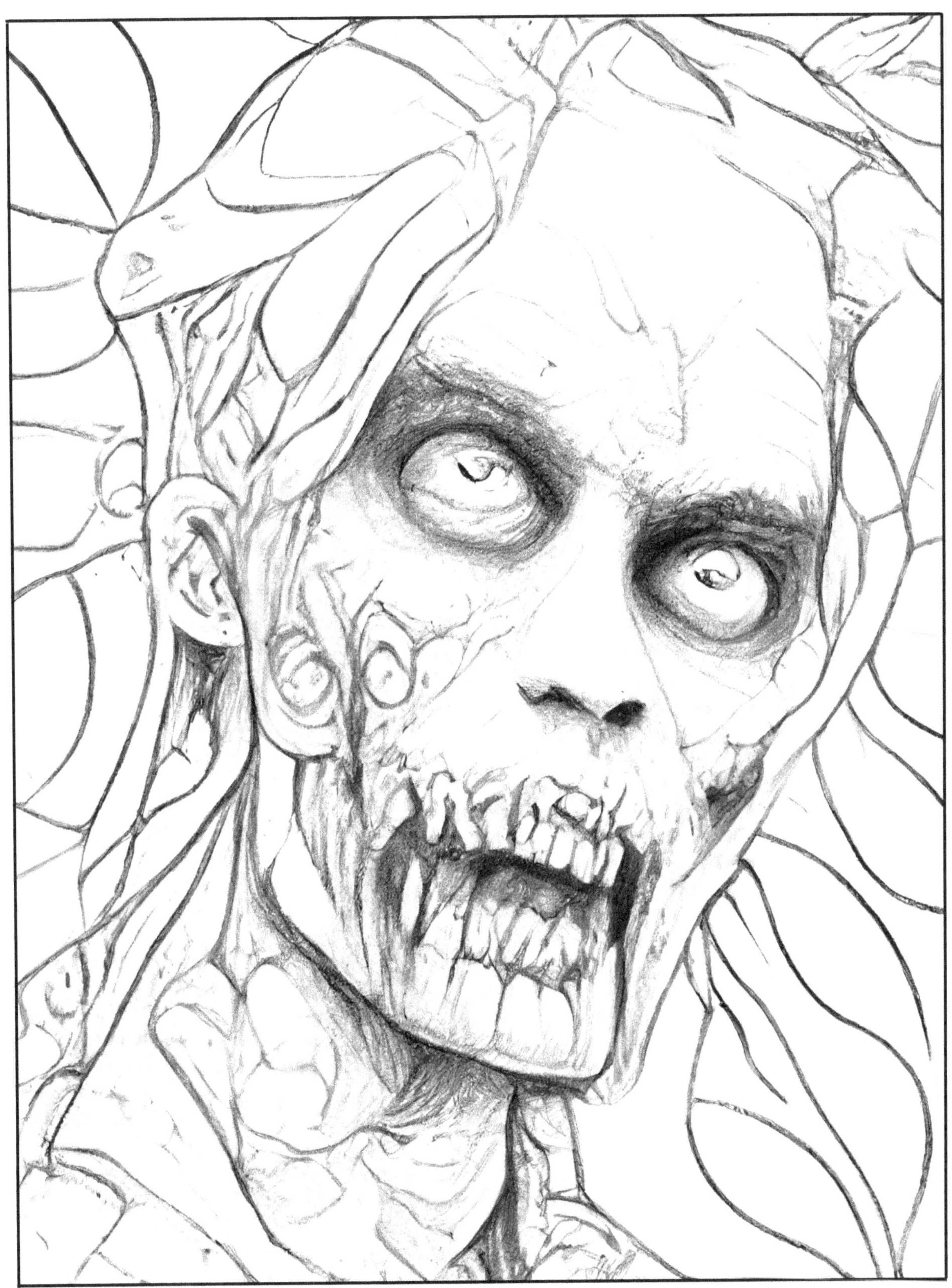

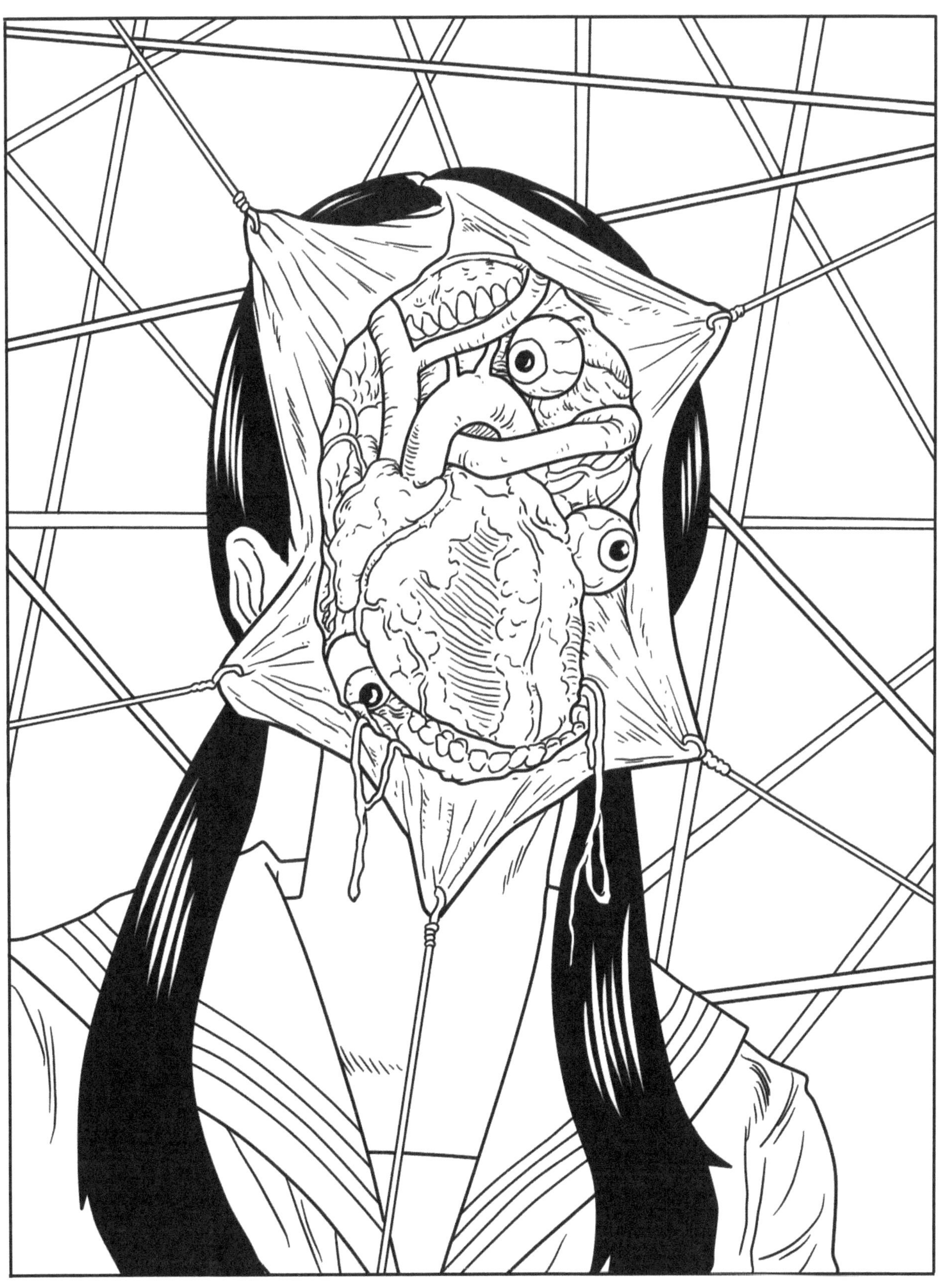

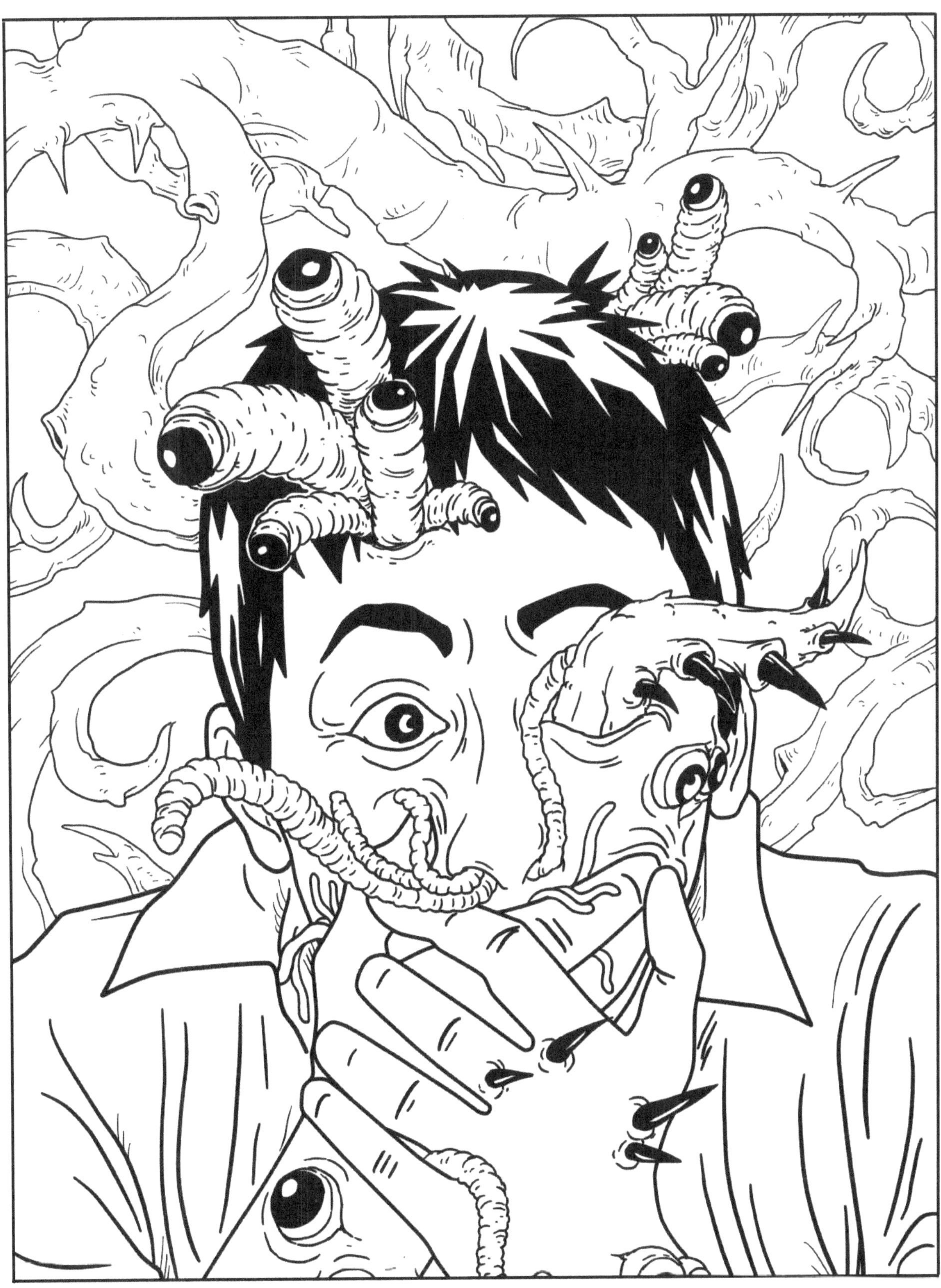

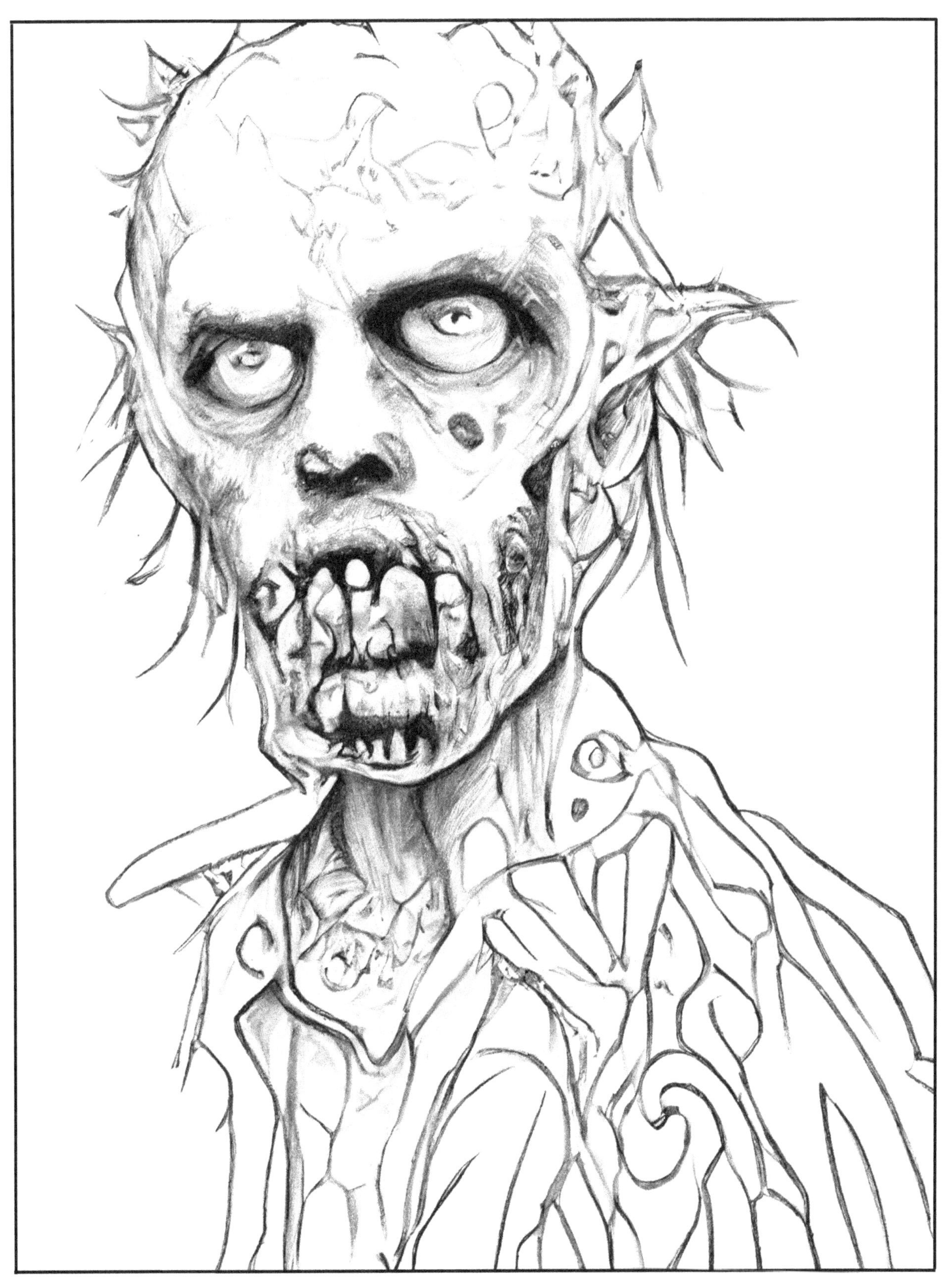

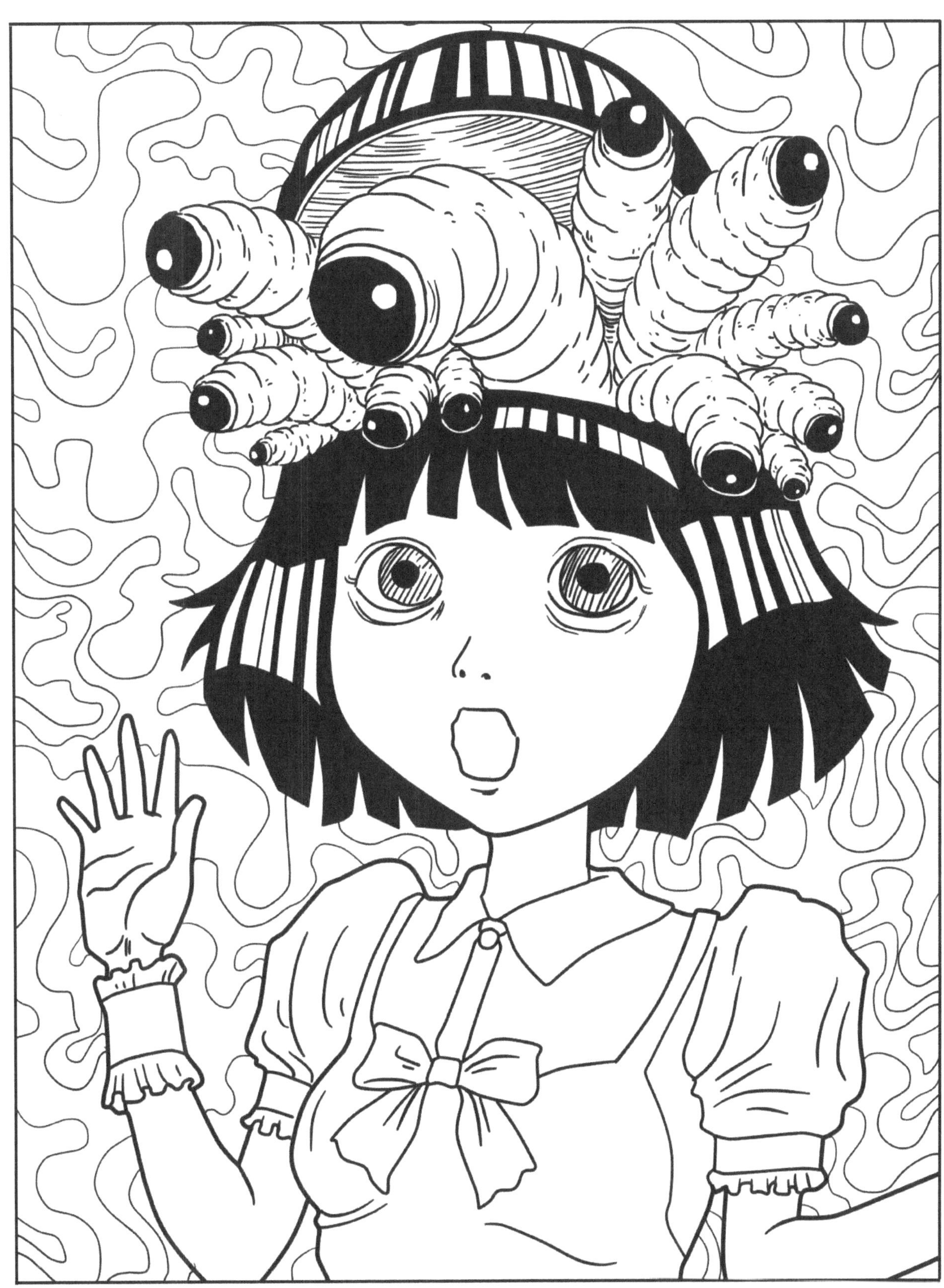

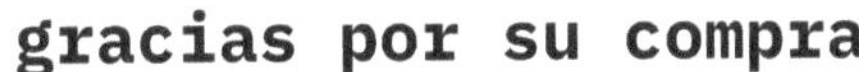 gracias por su compra

Los tatuajes pueden aumentar la sensación de confianza y mejorar la imagen de uno mismo. Algunos sienten que sus tatuajes les permiten parecerse más a lo que sienten por dentro. Si has encontrado algún tatuaje que te haya gustado en este libro, por favor, considera la posibilidad de compartir tu obra de arte con nosotros y con otras personas que puedan beneficiarse de ella.

Tu apoyo significa mucho para nosotros.

dejar una opinión ♥

Copyrights 2022 - Todos los derechos reservados